‘De perfecte partner’
en andere spannende verhalen

Van Nicci French verscheen bij uitgeverij Anthos

Het geheugenspel

Het veilige huis

Bezeten van mij

Onderhuids

De rode kamer

De bewoonde wereld

Verlies / De mensen die weggingen

De verborgen glimlach

Vang me als ik val

Verloren

Van Elvin Post verscheen

Groene vrijdag

Vals beeld

Van Esther Verhoef verscheen

Rendez-vous

Van Simone van der Vlugt verscheen

De reünie

Schaduwzuster

NICCI FRENCH
ELVIN POST
ESTHER VERHOEF
SIMONE VAN DER VLUGT

‘De perfecte partner’

en andere spannende verhalen

Anthos|Amsterdam

ISBN 90 414 1061 9

'Lucide dromen' door Nicci French
Oorspronkelijke titel *Lucid Dreams*

Vertaald door Irving Pardoen

'Meer voor minder' door Elvin Post

'De perfecte partner' door Esther Verhoef

'Online' door Simone van der Vlugt

Omslagontwerp Roald Triebels, Amsterdam
Omslagillustratie David Vintiner/zefa/Corbis

Verspreiding voor België:
Veen Bosch & Keuning uitgevers n.v., Wommelgem

Inhoud

NICCI FRENCH

Lucide dromen

'Vannacht had ik weer die droom,' zei Andrew. 'Jullie weten wel, die droom waarin ik me haast om een trein te halen, maar steeds opgehouden word.'

Andrew heeft een slecht lopende fotozaak en is getrouwd met Dorothy, die parttime bij een notariskantoor werkt. Ik ben hoofd boekhouding bij een reclamebureau, en Amelia geeft Frans en Spaans op een scholengemeenschap een paar minuten lopen van ons huis. Maar als we bij elkaar zijn, praten we niet over ons werk, niet over het feit dat Andrews zaak op de rand van faillissement balanceert, niet over het testament dat Dorothy voor ons aan het opmaken is, en ook niet over de leerling die vorige week in de les bij Amelia een stoel naar haar heeft gegooid. En al helemaal niet over mijn bedrijf, waar ik over de boekhouding ga, terwijl anderen slagzinnen bedenken, merknamen nieuw leven inblazen en films maken. Nee, als we bij elkaar zijn, hebben we het over slapen. Over slaap en slapeloosheid, over dromen en nachtmerries, over wekkers en heerlijk zachte kussens, over kinderen die ons in de kleine uurtjes komen wekken om ons te vertellen waar ze bang voor zijn of dat ze in bed hebben geplast, over onze partner die snurkt zodat wij met rode ogen van de slaap wakker liggen. Soms denk ik wel eens dat we daarom met elkaar bevriend zijn. Wat ons bindt is onze vermoeidheid, die gekmakende, tot in je botten voelbare moeheid die je deel is als je kleine kinderen hebt.

Ook deze avond hadden we het erover. Ze waren bij ons thuis voor een dineetje, waar ze los van elkaar waren aangekomen, Dorothy nadat ze de kinderen in bed had gestopt en Andrew rechtstreeks uit zijn werk. Met een tussenstop in het café, nam ik aan, want hij struikelde af en toe over zijn woorden en de hand waarmee hij het glas wijn vasthield dat ik hem inschonk, beefde een beetje. Even had ik de neiging mijn hand op zijn schouder te leggen en te vragen of alles in orde was en of wij iets voor hem konden doen, wel wetend dat dit natuurlijk niet het geval was. Maar hij was terughoudend en prikkelbaar, dus liet ik het maar zo.

'Mijn veters waren bijvoorbeeld aan elkaar geknoopt, zodat ik vooroverviel toen ik wilde gaan rennen, en er lagen rare dingen op het trottoir. Er lag een berg kinderspeelgoed, geloof ik. Roze poppen met open ogen.'

'Je bent bang dat je het niet bij kunt benen in het leven, dat is de betekenis van jouw droom,' zei Dorothy.

'Dank u, dokter,' zei Andrew, en hij nam een flinke slok rode wijn.

'Ik bedoelde het niet...'

'Laat maar.'

Amelia en ik keken elkaar even aan en keken toen weer voor ons uit. We hadden in elkaars ogen die zelfvoldaanheid gezien die je voelt als andere stellen kibbelen.

'Wie wil er nog wat lasagna?' vroeg Amelia.

'Wat ik zo afschuwelijk vind, is dat mijn dromen meestal alleen maar saai en frustrerend en verward zijn,' zei ik. 'Net als die droom van jou, Andrew. Ik heb nooit eens een blije of een tragische droom, het gaat altijd alleen maar over wat er allemaal mis kan gaan, over te laat komen of over dingen waarvoor je je schaamt.'

'Ik droom vaak dat ik doodga,' zei Amelia. 'Dan wil ik tegen Will zeggen dat hij me moet redden, maar ben ik tot niets in staat. Dan lig ik daar maar, in het besef dat ik doodga. Het is dan wel een hele opluchting om wakker te worden, hoewel ik het eigenlijk ellendig vind om wakker te worden, omdat ik wil doorslapen.'

'Ik heb laatst van jou gedroomd, Will.'

'Van mij?' zei ik met een stem die net een beetje te hoog klonk.

'Mm-hmm.' Dorothy, aan de andere kant van de tafel, glimlachte naar me, en voor het eerst viel het me op dat ze een kuiltje in haar linkerwang had. 'Je zag er alleen heel anders uit dan in werkelijkheid.'

'Hoe wist je dan dat het Will was?' Amelia's stem had ineens iets kils. Ik schonk haar nog een glas wijn in en fronste mijn voorhoofd toen ze ervan nipte. Plukjes haar waren aan het losraken uit het losse knotje waarin ze het tegenwoordig draagt en ze had een lichte blos op haar wangen. Ik ken haar nu al twaalf jaar, dacht ik bij mezelf. Twaalf jaar slaap ik nu al naast haar en hoor ik haar ademhaling.

'Ik wist het gewoon.'

'Wat was ik aan het doen?'

'Dat kan ik je maar beter niet vertellen, geloof ik,' zei Dorothy. Ze glimlachte nog steeds.

'Raar om te bedenken dat je in de droom van een ander voorkomt.'

'Ik heb er laatst iets over gelezen,' zei Andrew.

'Heeft Luke nog van die nachtelijke angstaanvallen?' vroeg Dorothy.

'Niet zo vaak,' zei Amelia. 'Maar het is wel heel vreemd als het gebeurt. Het is net alsof hij wakker is; hij heeft zijn ogen open, maar hij kijkt glazig, alsof hij zo door je heen kijkt. En dan is hij volkomen van de wereld.'

'Arm jongetje.'

'Maar Dorothy, om terug te komen op wat ik daarnet zei...'

'Sorry, sorry. Ga door.'

'Ik heb in een blad gelezen dat je je dromen zelf kunt sturen.'

'Dat je die trein toch kunt halen, bedoel je?'

Hij negeerde Dorothy en vervolgde: 'Je kunt tegelijkertijd wakker zijn en slapen, je van de dingen bewust zijn en tegelijk ook niet.'

'Maar bij dromen gaat het er toch juist om dat je ze niet kunt sturen, bijna per definitie.'

'Ik ken dat gevoel wel,' zei ik. 'Jullie niet? Dat je droomt, maar tegelijkertijd weet dat je droomt.'

'Dat niet alleen. Je kunt je dromen ook sturen, kiezen wat je wilt dat er gebeurt, terwijl je toch droomt. De man die het artikel had geschreven beweerde dat hij het al jarenlang deed. Het had lang geduurd voordat hij het goed kon; het had oefening gekost.'

'Oefening in slapen, bedoel je?' zei Dorothy. Andrew keek haar alleen maar aan en ging rustig door, alsof hij haar niet had gehoord.

'Niet iedereen is er even goed in. Het wordt wel in therapieën gebruikt, bij mensen die erg lijden of die last hebben van nachtelijke angstaanvallen.'

'Je zou het Luke moeten leren.'

'Lucide dromen noemen ze het.'

'Lucide?'

'Het zijn heel heldere dromen. Voor je gevoel zijn ze reëler dan wat ook. Reëler dan het echte leven.'

'Ik geloof dat ik dat helemaal geen goed idee vind,' zei Amelia. 'Als je inslaapt moet je jezelf juist loslaten. Dan ben je juist nergens meer voor verantwoordelijk.'

'Wat moet je ervoor doen?' vroeg ik.

'Terwijl je inslaapt moet je tegen jezelf zeggen dat je een lucide droom krijgt.'

'Is dat alles?'

'Min of meer. Maar je moet wel volhouden. Het gebeurt niet meteen. Je moet het elke avond doen. Die man schreef dat als je het goed doet, je er een fantastisch gevoel bij krijgt dat nergens mee te vergelijken is.'

'Beter dan...?'

'Beter dan wat ook. Ik weet wat je wilde zeggen, Will.'

Dorothy giechelde. 'Het hangt er waarschijnlijk in de eerste plaats van af hoe het met je seksuele leven gesteld is,' zei ze tegen me. En toen: 'Ik zou bijna zeggen dat je bloost.'

'Koffie?' vroeg Amelia. 'Whisky?'

'Waar zou jij van proberen te dromen?' vroeg ik aan Andrew.

Hij dacht even na en draaide daarbij zijn glas rond in zijn hand, zodat de wijn fonkelde in het licht. 'Ik weet het niet. In elk geval niet iets waardoor ik bij het wakker worden de kans loop teleurgesteld te zijn dat er in de werkelijkheid helemaal niets veranderd is.'

Er viel een korte stilte.

'Neem nog wat wijn,' zei ik opgelaten.

'Je kunt vast niet iets kiezen dat zo vaag of veelomvattend is,' zei Amelia. 'Je moet natuurlijk proberen te dromen dat je je op een mooie plek bevindt, of dat je een slimme opmerking maakt tegen iemand die je bewondert, of, ik weet het niet hoor, dat je in je slaap een soort avontuur beleeft of zo, net alsof je een roman leest, maar dan zo dat je het verhaal schrijft en er tegelijkertijd in zit...'

'Ik geloof dat ik gewoon alleen maar zou willen dromen dat ik sliep,' zei ik, waarop de anderen opgelucht begonnen te lachen, misschien omdat ik hun de kans gaf van onderwerp te veranderen.

Toen ze weg waren ruimden Amelia en ik samen op. Zoals de meeste stellen hadden we daarbij inmiddels onze eigen routine. Ik deed de afwas en stond met mijn armen in het warme zeepsop in onze donkere kleine tuin te kijken, terwijl zij het serviesgoed pakte en afdroogde en de stoelen weer op hun plaats zette. Het was al na middernacht, en over minder dan zes uur zou Charlotte ons wakker maken door haar lijfje als een wig tussen ons te drijven. Ik was moe en rusteloos tegelijk.

'Vond jij het een leuke avond?' vroeg ik aan Amelia.

'Ja, het ging wel. Andrew leek me alleen een beetje... je weet wel.'

'Dronken.'

'Dat wou ik niet zeggen. Gedeprimeerd. Geïrriteerd.'

'Volgens mij gaat het op zijn werk niet zo goed.'

'En zo te horen thuis ook niet.'

'Misschien hadden ze toevallig hun dag niet.'

'Zou kunnen,' zei ze. 'Je weet eigenlijk nooit precies hoe een relatie ervoor staat, hè?'

'Dat is waar.'

'Vaak zie je dat juist die mensen die goed met elkaar lijken op te schieten uit elkaar gaan. Zoals Bob en Carlie.'

Ik reageerde niet. Ik dacht aan al die andere getrouwde stellen die we kenden, en even had ik een gevoel alsof het evenzovele glanzende spiegels waren, die niets anders deden dan de buitenwereld weerspiegelen, terwijl wat erachter schuilging onverbiddelijk verborgen bleef. Zou het bij ons ook zo zijn? Ik spoelde een glas om en zette het voorzichtig op het afdruiprek.

'Wil je een kop thee voordat we naar boven gaan?' vroeg ik.

'Nee, dank je. Hoe vond je dat het vanavond met Dorothy ging?'

'Goed, wel. Hoezo?'

'Ze had er wel zin in.'

'Ze heeft er altijd wel zin in.'

'Zin in jou, bedoelde ik.'

'In mij?'

'Is het je niet opgevallen?'

'Er was niks aan de hand.'

'Niet te geloven, zeg. Ze legde het er wel erg dik bovenop.'

'Ik dacht dat...'

'Misschien probeerde ze Andrew op stang te jagen. Wat wou je zeggen, wat dacht je?'

'Ik dacht dat we het misschien eens moesten proberen.'

'Het?'

'Dat van die lucide dromen.'

'O, dat,' zei ze, en ze trok een gezicht.

Het laatste dat Amelia altijd doet voordat ze in bed stapt is haar haar losmaken. Ze gaat bloot voor de grote spiegel staan, met haar benen iets uit elkaar, en haalt het elastiekje uit haar haar, waarna ze haar kastanjebruine krullen gladstrijkt, en al die tijd staat ze zichzelf aandachtig en een beetje bezorgd te bekijken. Ik lig dan al in bed te wachten totdat ze bij me komt liggen, en ook ik kijk naar haar, naar de lijn van haar middel, het kuiltje onder aan haar wervelkolom, en in de spiegel naar haar grote borsten met de platte, enigszins bruine tepels. Toen ze die avond opkeek en mij naar haar zag kijken, glimlachte ze alsof ze zich betrapt voelde.

Even later kwam ze bij me liggen. Amelia nam haar gewone houding aan, ze trok haar knieën op, zodat die tegen mijn dijbeen rustten; haar haar kietelde in mijn hals. Ik voelde haar warme adem tegen mijn schouder, en ik legde mijn hand op haar heup, precies op de plek waar ik wist dat haar moedervlek zat.

'Weltrusten,' zei ze. Ze klonk al slaperig. Ze kan op elk gewenst moment en op elke plaats in slaap vallen, als een hond of als een baby. Ze kan niet in bed lezen, want dan zakt haar hoofd gewoon op het geopende boek, dat ik haar dan voorzichtig uit handen moet nemen. Als ze haar ellebogen op tafel zet en haar hoofd op haar handen legt, kan ze zo wegdoezelen. Als we in de auto zitten en ik rijd, laat ze haar hoofd achteroverzakken, en dan valt haar mond open en hoor je haar zachtjes snurken, zelfs als de kinderen achterin zitten te krijsen. Naderhand zegt ze altijd dat ze niet echt sliep en dat ze zich alleen even ontspande, maar mij houdt ze niet voor de gek.

'Je moet eraan denken dat je gaat dromen,' zei ik, om haar eraan te herinneren.

'Hmmf.'

'Heb je me gehoord?'

Ze mompelde iets onverstaanbaars.

'Amelia, denk eraan, terwijl je inslaapt moet je bedenken dat je een lucide droom krijgt.'

'Houj'mond.'

'En dan moet je mij morgenochtend vertellen wat je hebt gedroomd.'

Maar ze was al vertrokken naar haar eigen wereld. Ik stelde me voor hoe de dromen al om haar heen dwarrelden, als vallende bladeren in een bos vol bomen of als zachte kransen van mistflarden. Het was vreemd om te bedenken dat ze nu al in andere sferen was, ver van mij vandaan. Ik keek in het schemerduister naar haar gezicht en vroeg me af welke beelden er nu door haar hoofd schoten en welke herinneringen er uit het donker omhoogkwamen.

Ik kon niet meteen slapen, hoewel ik me realiseerde dat ik de volgende ochtend moe en gespannen zou zijn en niet in staat om goed te werken. Ik lag op mijn rug in de donkere kamer te kijken. Ik had zoveel wijn op dat ik druk op mijn ogen voelde en een droge keel had. Ik luisterde of ik de kinderen hoorde hoesten of roepen. Ik hoorde buiten op straat auto's rijden. De lichtstraal van een koplamp streek over het plafond. Ik vroeg me af wat voor een droom ik mezelf in het vooruitzicht zou stellen, als het tenminste zo werkte. Wat wilde ik eigenlijk dromen? Dat ik in een azuurblauwe zee zwom, dat ik door een wei liep, of dat ik door de lucht vloog, vrij als een vogel. Waar zou ik willen zijn? Ik luisterde naar Amelia's regelmatige ademhaling naast me en wachtte het moment af dat de slaap mij in mijn eigen verborgen wereld zou trekken, een wereld waarvan ik me niet eens bewust was dat die bestond, totdat ik er blindelings in getrokken werd, waarna hij weer vervaagde bij het ontwaken. Ga dromen, zei ik tegen mezelf. Ga dromen. Ga dromen. Ga lucide dromen.

'Dorothy belde me vandaag,' zei ik.

Amelia verstrakte, met de tandenborstel nog in haar mond. Ze draaide zich om en keek me met opgetrokken wenkbrauwen aan. Ik denk dat ze me beschuldigend aan wilde kijken, maar het valt niet mee om beschuldigend te kijken als je in je blootje met een mond vol schuimende tandpasta over een wasbak gebogen staat. En praten is er dan al helemaal niet bij. Ze kon alleen maar een beetje gorgelen. Het zou haar natuurlijk verbazen en ergeren en ze zou er een beetje geringschattend over willen doen, maar voordat ze van dit alles iets kon laten blijken, moest ze doorgaan met tandenpoetsen, wat ze dan ook des te heftiger deed, en vervolgens de tandpasta uitspugen en haar mond spoelen, zodat de verbetenheid er uiteindelijk een beetje af was.

'Waarom belde ze je?'

'Om aan jou haar dank voor het etentje over te brengen.'

'Waarom heeft ze míj dan niet gebeld?'

'Daar heb ik eigenlijk niet over nagedacht,' zei ik. 'Maar als ik er wel over nagedacht zou hebben, zou ik zeggen: omdat ik op een kantoor werk, waar iemand makkelijk bereikbaar is, terwijl jij je dag grotendeels in een klaslokaal doorbrengt, waar je niet te bereiken bent.'

'O, zou je dat zeggen?'

'Vind je dit eigenlijk niet een beetje een komische scène?' vroeg ik.

'Hoezo?'

'Twee blote mensen die in een badkamer staan te discussiëren.'

'Zo komisch vind ik dat niet,' zei Amelia.

'We zouden er in bed mee door kunnen gaan,' zei ik.

Ze schudde alleen haar hoofd terwijl ze doorging met de duizend-en-een dingen die ze altijd moet doen voordat ze doet wat ze volgens haar eigen zeggen op het punt staat te gaan doen. Ze smeerde crème op haar gezicht, raapte wat dingen op van de vloer, legde een paar tijdschriften op een stapeltje, ging de badkamer uit om iets met de kinderen te doen, waarna ze terugkwam en de kastdeuren sloot en nog allerlei andere dingen deed, terwijl ik tegen haar praatte.

'Als ik je zo bezig zie,' zei ik, 'moet ik denken aan die bank in Palmer's Green op 18 juni 1994, 's avonds laat.'

Ze hield op met waar ze mee bezig was en glimlachte even. 'En waarom dan wel?'

'Omdat ik dit lijf toen voor het eerst zag. En als iemand me die avond gezegd zou hebben dat dit lijf later regelmatig in haar blootje tandenpoetsend voor me heen en weer zou lopen, zou ik dat niet geloofd hebben.'

Ze maakte haar haar los en kroop naast me in bed. 'Het kon toen daar op die bank niet eeuwig door blijven gaan,' zei ze, maar ze zei het lief.

'Dat is zo,' zei ik.

'Daar zou je nu een nieuw iemand voor moeten hebben,' zei ze. 'Is dat wat je dwarszit?'

'Dat zei ik niet.'

'Iemand als Dorothy, bijvoorbeeld.'

'Waar heb je het over?'

'Had je niet het idee dat ze met je flirtte?'

Ik wilde iets zeggen, maar hield mijn mond. Amelia lachte.

'Ja, hè?' zei ze.

'Ik dacht er even over na,' zei ik, en ik liet in gedachten de gebeurtenissen tijdens het etentje de revue passeren. 'Ze is van nature iemand die graag flirt, altijd geweest ook. Ze was altijd al iemand die je graag aanraakt, haar armen om je heen slaat, je zoent...'

'Heeft ze dat allemaal gedaan?' zei Amelia met voorgewende achterdocht.

'Zo is ze altijd,' zei ik. 'Maar dat wist je al. Ze is toch eigenlijk meer jouw vriendin dan de mijne.'

'Ga je nou niet verdedigen,' zei ze. 'Als ik haar was, zou ik ook een verhouding met jou willen hebben.'

'Zeg, maak het nou niet al te gek,' zei ik. 'Ga je nog lezen?'

'Ik kan mijn bril niet vinden.'

'Die heb je niet nodig.'

'Toch wel. Mijn ogen gaan zo snel achteruit dat ik aan een witte stok en een geleidehond toe ben. Ik ga slapen. Maar ga jij maar lezen, hoor.'

'Ik wil niet lezen,' zei ik.

Ik knipte het licht op mijn nachtkastje uit en boog me over Amelia heen om het hare ook uit te doen, want ze was al aan het indommelen.

'Weet je nog dat we het over dromen gehad hebben?' vroeg ik.

Er klonk gebrom in de duisternis. Ik schudde aan haar schouder.

'Je mag nog niet gaan slapen,' zei ik.

'Slaap niet,' mompelde ze.

'Lucide dromen,' zei ik. 'We blijven het proberen. Of wil jij het niet?'

'Wil alleen maar slapen,' zei ze.

'Nee, je moet het zeggen. "Ik krijg een lucide droom." Kom, zeg het.'

Maar het bleef stil. Ze sliep. Even voelde ik woede in me opkomen. We zouden dit toch samen doen. Maar toen zakte het gevoel weer. Er zijn tenslotte dingen die je niet samen kúnt doen. Ik had het altijd een aardige gedachte gevonden dat we duizenden nachten slapend en door niets of niemand beschermd naast elkaar hadden doorgebracht. Maar al die keren hadden we elk in ons eigen wereldje vertoefd en naar ons eigen denkbeeldige privételevisieprogramma gekeken. Terwijl ik zo in het donker lag te denken, hoorde ik Amelia naast me regelmatig ademen, en toen zei ik tegen mezelf, zoals ik dat zonder enig succes de avond tevoren ook had gedaan: een lucide droom, ik krijg een lucide droom, een lucide droom krijg ik. Een droom die ik zelf kan sturen. Ik krijg een lucide droom.

Ik bevond me in een kamer. Alles in de kamer was van mij. Ik was er om die spullen mee te nemen, maar nu ik hier was, bleek ik niets bij me te hebben om de spullen in te doen. Buiten voor het raam liep een spoorweg, heel dichtbij. Bijna rakelings voor het glas passeerde een trein, die de vloer en de muren deed schudden. De trein produceerde een doordringende fluittoon, die mij uit mijn droom wekte, waarna ik me over Amelia boog en de wekker afzette. Ik probeerde me de droom te herinneren, maar terwijl ik dat deed, voelde ik hem wegglippen, en toen was hij ineens helemaal weg. Een kamer. Het was iets met een kamer geweest.

Ze ging rechtop in bed zitten en wreef haar ogen uit.

'Hoe heb je geslapen?' vroeg ik.

'Weet ik niet,' zei ze. 'Ik geloof dat ik midden in de nacht wakker ben geworden. Ik heb liggen denken aan de dag die eraan komt. Die wordt knap ingewikkeld. Ik heb nog geprobeerd jou wakker te maken.'

'Waarom?'

Ze keek op me neer en glimlachte. 'Voor je weet wel,' zei ze. 'Maar je lag te slapen als een os. Je reageerde niet.'

'Dan heb je het niet goed geprobeerd.'

'O, jawel hoor,' zei ze. 'Ik heb van alles geprobeerd. Maar je was volkomen bewusteloos.'

'Ik probeerde een lucide droom te krijgen.'

'Je bent er toch niet serieus mee bezig, met dat spelletje?'

'Ik ben alleen nieuwsgierig. Maar goed, het is me toch niet gelukt.'

Ze trok haar neus op en keek me achterdochtig aan. 'Waarvoor zou je het doen?' zei ze. 'Wat wil je eigenlijk doen in die droom?'

Ik haalde mijn schouders op. 'Dat is het nou juist. Wat doet dat ertoe? Daar ben ik nou juist nieuwsgierig naar. Alles mag. Het doet er helemaal niet toe.'

Ze sprong uit bed en liep naar de badkamer. Ik hoorde haar luid plassen en vervolgens hoorde ik de kraan lopen. Toen ze de kamer weer in kwam, deed ze deodorant onder haar armen.

'Seks,' zei ze. 'Daar is het je om te doen.'

'Doe niet zo belachelijk. Het heeft helemaal niks met seks te maken.'

'Maar wat wil je dan in 's hemelsnaam doen in die lucide droom van jou? De Taj Mahal bekijken? Latijn leren?'

'Ik ben gewoon nieuwsgierig,' zei ik.

'Ja, zo kun je het noemen.'

'Luister eens...'

Maar op dat moment kwam Charlotte de kamer binnenrennen en begon onze dag pas goed. De volgende nacht droomde ik dat ik op school zat en opnieuw eindexamen moest doen, waarna ik eerst opgelucht wakker werd omdat ik het maar gedroomd had en me toen pas realiseerde dat ik weer gezakt was. De volgende dag herinnerde ik me die droom helemaal niet meer. De volgende nacht droomde ik dat ik in een vliegtuig zat dat midden in een stad landde en opsteeg. En de nacht daarna zat ik in een roeibootje op een zee die zich langzaam verdikte tot een chocoladeachtige, kleverige drab, waarin ik helemaal niet meer vooruitkwam. En toen kreeg ik een heldere droom, die ik de volgende dag aan Amelia vertelde.

'Ik maakte kennis met Steven Spielberg,' zei ik, 'en hij vroeg me om het scenario te schrijven voor *Shrek 2*. Hij zou hem gaan regisseren en ik zou het scenario schrijven.'

'En wat heb je gezegd?'

'Natuurlijk dat ik het graag wilde doen. Tegen Steven Spielberg zeg je geen nee. Maar is dat alles wat je erover te zeggen hebt?'

'Moet ik soms zeggen dat je het mooi voor elkaar hebt? Het was toch maar een droom.'

'Dat bedoel ik niet. Waar het om gaat, is dat *Shrek 2* al bestaat.'

'O ja?'

'We zijn er nog naartoe geweest. Jij en ik, met Charlotte en Luke.'

'Ik herinner me die dingen nooit.'

'Ik wel, en dat is het nou juist. Ik weet dat *Shrek 2* al bestaat, en ik weet dat Steven Spielberg hem niet heeft geregisseerd. Het is verdorie een tekenfilm. Natuurlijk heeft hij die niet geregisseerd. Maar de ik-figuur in de droom, degene die dacht dat hij mij was, wist daar helemaal niks van. Of hij was het vergeten. Het is net als die keer dat ik droomde dat ik opnieuw eindexamen moest doen. Ik weet dat ik het examen gedaan heb, maar degene die dat droomde wist het niet.'

'En dus?'

'Dus is degene die droomt misschien heel iemand anders dan ik en is al dat lucide dromen helemaal niet mogelijk.'

'En dat zou betekenen dat je het er niet meer over zult hebben?'

'Het is maar een experiment.'

In mijn droom in de daaropvolgende nacht was mijn filmcarrière geëindigd. Ik moest een pont halen, maar werd opgehouden doordat ik op de kade uitgebreid moest lunchen. Toen ik zag hoe laat het was, heb ik me nog gehaast om hem te halen, maar ik zag hem wegvaren. Het was toen alleen geen pont meer, maar een aftands oud vrachtschip. Ik moest een manier bedenken om per trein mijn bestemming te bereiken, maar het was een reis van duizenden kilometers waarbij ik heel vaak moest overstappen. Toen werd ik wakker. En daarna heb ik er een aantal dagen helemaal niet meer aan gedacht.

Ik bevind me in een kamer. Bij het plafond zit een raampje, en het zonlicht dat daardoorheen naar binnen schijnt, valt op de houten vloerplanken. De lichtbundel die op het hout schijnt is een mooie witte kegel. Er staat een eenpersoonsbed waarvan het beddengoed is opengeslagen. De lakens zijn vuil en gekreukt. Op het kussen staat een reuzenpot Marmite. Aan het voeteneinde van het bed staat een kleine koffer die op slot zit. Er is een deur uit één stuk zonder deurkruk, en terwijl ik ernaar kijk, wordt er aangeklopt. Een keer, twee keer, drie keer. Heel zachtjes. Ik moet het bed opmaken. De lakens zijn vuil. Ik trek aan het beddengoed, maar het glijdt door mijn handen alsof het water is. Klop, klop, klop. Iets harder deze keer. Ineens dringt het tot me door dat ik bloot ben en dat ik kleren aan moet trekken voordat ik opendoe. Ik dwing mezelf de koffer op te tillen, maar terwijl ik het doe wordt hij zacht en plooibaar. Ik moet me haasten, want anders zal degene die achter de deur staat weggaan. Doe de koffer open, zeg ik tegen mezelf. Doe het deksel open en trek je kamerjas aan. Klop. Klop, klop. Ik frunnik aan het slot om de koffer open te doen. Ik hoor een stem die zegt: 'Ik kan niet eeuwig blijven wachten, Will. Schiet eens op.'

'Jezus, Will, waar ben jij mee bezig?'

'Mmmf.'

'Je hebt een vinger in mijn oog gestoken!'

'Wat?' Ik perste één oog open; tussen de gordijnen door scheen een somber grijs licht naar binnen. Amelia's warrige haardos lag op het kussen naast me uitgespreid.

'Je hebt me pijn gedaan.'

'Sorry.' Ik deed mijn oog weer dicht en probeerde weer binnen te dringen in mijn droom, voordat hij wegebde. Eén beeld probeerde ik vast te houden. Een deur. Een deur zonder deurkruk. Ik moest de deur opendoen.

'Was je aan het dromen?'

'Mmm?'

Wat nog meer? Een deur, en wat nog meer? Ik legde mijn arm over mijn ogen om het daglicht buiten te sluiten en probeerde weer in slaap te vallen. Een deur. Een bed. Maar zoals nevelslierten oplossen in de ochtendzon, werden mijn herinneringen steeds vager totdat ze in het niets verdwenen.

'Ik vroeg of je had gedroomd. Of had je een nachtmerrie?'

'Ik weet niet.'

'Het moet trouwens bijna tijd zijn om op te staan.'

'Mmm.'

'Hoe laat is het?'

Ik gaf het op, haalde mijn arm voor mijn ogen weg, rolde op mijn zij en tuurde naar de wekker. 'Bijna zeven uur.'

'Nog vijf minuutjes. Ik wou dat ik een winterslaap kon doen.'

'Tja.'

'Als jij water opzet, haal ik de kinderen uit bed. Het verbaast me dat ze nog slapen.'

'Oké.'

'Is het wel goed met je, Will?'

'Alleen een beetje moe. Nog niet helemaal wakker.'

Ik bleef een groot deel van de dag verward en van slag. In vergaderingen moest ik moeite doen om me te concentreren, ik zat met een frons op mijn gezicht voor mijn computerscherm, terwijl beelden die ik me maar half herinnerde door mijn gedachten gingen, en van de krant die ik in de metro voor me ophield, sloeg ik geen enkele keer een pagina om. Maar goed, dat soort dagen zijn er vaak, dagen die gewoon voorbijgaan en aan het einde waarvan ik me niet echt kan herinneren wat ik gedaan heb. Ik sta op, trek een pak aan en doe geen stropdas om (om de buitenwereld te laten weten dat ik in de creatieve sector werk), geef de kinderen een afscheidskus, ga naar mijn werk en kom aan het einde van de dag weer thuis. Soms vraag ik me wel eens af wie ik eigenlijk was tijdens al die uren van mijn afwezigheid.

Amelia had een ouderavond waar ze naartoe moest, en daarna zou ze met collega's bij de Indiër gaan eten. Ze zou pas omstreeks middernacht thuiskomen, maar ze deed wat ze anders ook altijd doet: me om de tien minuten bellen om me aan allerlei dingen te herinneren – dat ik de pizza voor Luke en Charlotte in de oven moest zetten, dat ik het konijn eten moest geven, dat ik de was moest ophangen die zij die ochtend in de wasmachine had gestopt, dat ik Luke ten minste tien minuten hardop moest laten voorlezen, dat ik dat speciale tv-programma moest opnemen, dat ik ervoor moest zorgen dat Charlotte een plas deed voordat ze naar bed ging omdat ze er anders 's nachts uit zou moeten.

Toen de kinderen sliepen, daalde er een stilte over het huis. Ik maakte voor mezelf een bord pasta met pestosaus die ik er uit een potje doorheen deed en schonk een glas rode wijn in. En toen nog een. Ik zette de tv aan, zapte de kanalen langs en zette hem toen uit. De telefoon ging, maar de beller had al opgehangen toen ik opnam, en toen ik op de display keek wie het geweest was, bleek het een geheim nummer te zijn. Amelia en ik hebben het er vaak over – waarom mensen een geheim nummer nemen. Omdat ze een geheime liefde hebben, zegt zij altijd. Ze zegt het voor de grap natuurlijk, maar het is een zenuwachtig soort grap, een grap met een vraagteken erachter. Het is iets van de laatste tijd van haar. Het heeft te maken met de manier waarop ze met een kleine frons op haar gezicht in de spiegel naar zichzelf kijkt en het feit dat ze zich zorgen maakt dat ze niet al het extra lichaamsgewicht is kwijtgeraakt dat er met het krijgen van de kinderen is bijgekomen. Ik zeg dan altijd dat zij mijn geheime liefde is. Dat zijn zo van die vaste patronen die je in een huwelijk ontwikkelt; al voordat de ander z'n mond heeft opengedaan, weet je wat er komt. Af en toe betrap ik mezelf erop dat ik zinswendingen of woorden gebruik die eigenlijk van haar zijn. 'Ik wou alleen even zeggen...' is bijvoorbeeld een uitdrukking van Amelia die ik me inmiddels heb toegeëigend.

Ik pakte een roman waarin ik tot op de helft gevorderd was en probeerde te lezen, maar ik kon er de rust niet voor opbrengen. Voor een roman moet je in de juiste stemming zijn, maar ik was rusteloos. Ik schonk een derde glas wijn in en sprak met mezelf af dat dit het laatste zou zijn. Ik nam een douche en trok daarna mijn kamerjas aan. Vlak onder de drempel van mijn geheugen zat iets wat mijn aandacht had, en ik deed grote moeite om het vast te houden, om het in mijn bewustzijn te slepen, maar ineens was het weer weg.

Om halfelf besloot ik dat de avond maar voorbij moest zijn en ging ik naar bed. Ik vlijde mijn hoofd op mijn kussen, met naast mij het lege kussen, en gaf mezelf de instructie te gaan dromen.

Ik zit op een onopgemaakt bed met mijn blote voeten op de houten vloerdelen. De zon schijnt schuin naar binnen door het hoge raampje. Buiten is het licht en warm, maar binnen is het licht gedempt en is het koel en stil. De vloer zakt weg onder mijn voeten, de muren wijken. Er is een deur, een deur zonder deurkruk. Ik weet dat ik mijn kamerjas aan moet doen voordat er op de deur wordt geklopt. Ik dwing mezelf om op te staan van het bed en over de steil aflopende vloer naar de koffer te lopen. Om te verhinderen dat ik wegglijd kniel ik en maak het slot open. Ik haal de paarse kamerjas eruit en probeer weer overeind te komen om hem aan te trekken, maar de vloerdelen vallen onder me weg; onder me gapen langwerpige openingen, waardoor ik zo in onze slaapkamer kan kijken. Ik zie ons bed met de lichaamsvormen onder de dekens, en de stoel waarop we onze kleren leggen.

Het raampje zwaait ineens open en vogels vliegen de kamer in. Het zijn grote, grijze vogels en ze strijken langs elkaar heen en nemen het licht weg. De lucht zindert onder hun vleugelslagen. Dan, tussen het geruis van de vleugels, hoor ik luid en duidelijk kloppen. Klop, klop, klop. Deze keer moet ik zorgen dat ik bij de deur ben voordat het ophoudt, weet ik, maar de gehavende vloer loopt zo steil omhoog dat de deur helemaal bovenaan is. Ik draag mezelf op ernaartoe te klauteren. Ik zeg tegen mezelf dat ik het kan als ik er maar genoeg moeite voor doe. Het hangt helemaal van mij af.

'Kom op, kom op nou,' zegt de vrouwenstem. 'Een beetje meer wilskracht, Will. Wilskracht, Will.'

De vogels vliegen nu langzamer, en spiraalsgewijs dalen ze in mijn richting. Ik voel hun warme lijfjes op me neerstrijken. Aanvankelijk probeer ik ze weg te maaien, maar dan geef ik het op en trek ik hun warmte dichter om me heen en laat me naar een comfortabele positie midden op het bed rollen. Ik luister of ik Amelia's voetstappen op de trap hoor. Mijn hart bonst zo hard dat ik een hand op mijn borst leg. Ik heb zin om te huilen.

'Ik was van plan wakker te blijven tot je thuiskwam,' zei ik tegen Amelia toen ze een paar minuten later de kamer in kwam. Ze had rode wangen van de wijn en de curry en de wandeling naar huis in de kou. 'Heb je het leuk gehad?'

'Heel leuk, dank je. Hoe was jouw avond?'

Ik probeerde naar haar te glimlachen.

'Er is eigenlijk niks gebeurd,' zei ik. Het was nog waar ook.

De volgende keer dat we Andrew en Dorothy zagen, was toen we hadden afgesproken in een Italiaans restaurant halverwege tussen onze huizen. Deze keer was ik degene die te laat kwam. Ik was die dag naar Manchester geweest en direct van het station naar het restaurant gekomen, hoewel ik eigenlijk het liefst meteen naar huis was gegaan om me na een douche voor de televisie te nestelen.

De anderen waren het menu al aan het bestuderen, en tussen hen in stond een geopende fles wijn. De twee vrouwen lachten om iets toen ik binnenkwam, maar ik vond dat Amelia er moe uitzag. Het was voor haar weer een drukke tijd: rapporten maken, het kerstspel, muziekuitvoeringen. Ze droeg de groene coltrui en de grijze rok die ze die dag naar school had aangehad, en toen ik me vooroverboog om haar op haar wang te kussen, viel het me op dat ze een oorbel miste, waardoor ze iets asymmetrisch kreeg. Haar haar zat slordig.

'Kon je zonder problemen weg?'

'Ging wel. Charlotte was lastig; ik kon pas weg toen ik haar rustig had gekregen.'

Andrew zag er ook uitgeput uit. Hij had zich niet geschoren en zijn das was niet gestrikt, maar hing los om zijn hals. Dorothy daarentegen, die tussen hen in zat, zag er slank en fris uit, haar donkere haar omlijstte haar gezicht, waardoor ze er jonger uitzag dan gewoonlijk, en haar lippen waren donkerrood. Ik probeerde me te herinneren hoe ze eruit had gezien toen ik haar voor het eerst zag. Hoogzwanger om te beginnen, maar had ze altijd die kleur haar en dat kapsel gehad? Waren haar tanden altijd zo mooi regelmatig en wit geweest? Ik keek haar even aan, en toen ze naar mij glimlachte wendde ik snel mijn blik af.

'Will?' hoorde ik Amelia zeggen. 'Wij hebben al iets gekozen. Wat neem jij?'

'Eh, even kijken. Vanavond maar weer eens vlees, dacht ik. Kalfsvlees.'

'Je zou geen kalfsvlees eten. Dat zouden we niet meer doen, weet je nog?'

'Hadden we dat besloten? Ik dacht dat we alleen de foie gras hadden afgezworen.'

'Foie gras en kalfsvlees.'

'Maar ik ben dol op kalfsvlees. En op foie gras.'

'Je moet niet meteen de eerste keer voor de verleiding zwichten.'

'Waarom eigenlijk niet?'

'Zie het als een beproeving,' zei Dorothy, en ze legde haar hand op mijn schouder. 'Heb je wel wilskracht, Will?'

Het was een flauwe, irritante woordspeling, maar ik had ineens het gevoel dat er een onderwerp was aangesneden waarover gepraat moest worden. Er moest een vraag gesteld worden, maar ik kon niet bedenken welke.

'Ik neem de risotto', zei Andrew.

'Will? Daar komt iemand om onze bestelling op te nemen.'

Ik keek hen verbluft aan; alles om me heen leek verward en door elkaar te lopen, als in een droom.

'Will?'

'Eh... ja, dan neem ik dat ook. Risotto, net als Andrew. Met wat sla erbij, misschien. Lijkt me uitstekend. Excuseren jullie me even. Ben zo terug.'

In de toiletruimte, die door de vochtige warmte van het restaurant een claustrofobische uitwerking op me had, stak ik mijn hoofd onder de kraan, waarna ik mijn gezicht afdroogde met een papieren handdoekje. Ik had helemaal geen honger. Ik was veel te opgewonden.

Je gaat dromen, zei ik tegen mezelf, terwijl Amelia tegen me aan kroop en haar ademhaling al dieper werd. Je weet dat je het kunt. Je kunt alles dromen wat je wilt, het maakt niet uit wat, het heeft toch niks te betekenen. Droom dus maar van die kamer, dat raampje, het bed, de deur. Droom maar dat je de deur opendoet. En laat haar dan maar binnenkomen.

De kamer ziet er nu prettiger uit, geruststellender. Ik voel me er thuis. Een ijzeren ledikant met een gladgestreken dekbed. Op de vloer ligt een lichtbruin kleed. Er zijn twee muren met ramen. Ik kijk door een van de ramen naar buiten. Een park en een speelplaats. Ik geloof dat er kinderen zijn, maar het is zo ver weg dat ik geen geluiden hoor. De kinderen zijn niet meer dan speldenknoppen. De deur ziet er nu ook beter uit, met fraai gevormde panelen en een ronde, koperen deurkruk, en er hangt een kamerjas aan.

'Will,' hoor ik een stem zeggen.

Ik wil nu beslist weten wat er allemaal gebeurt. Mijn naam is William Ian Drake, ik droom en ik weet dat ik droom. Ik pak de marineblauwe kamerjas van het haakje aan de deur en trek die aan. Ik voel de zachte stof op mijn huid. Ik doe de deur open. Dorothy komt binnen. Als ze me ziet, glimlacht ze, haar blauwe ogen schitteren zo dat ze bijna van goud lijken.

'Waar zijn de kinderen?' vraag ik.

Ik weet niet waarom ik dat vraag, en ik weet niet of ik haar kinderen bedoel of de mijne. Het doet er niet toe, ze komt dichter bij me staan, zodat ik haar parfum ruik en haar lichaamswarmte voel. Ze komt tegen me aan staan, neemt mijn gezicht in haar handen en zoent me. En dan bedoel ik echt zoenen, ik voel haar warme, vochtige lippen op de mijne. Dan gaan haar lippen van elkaar en voel ik haar tong. Onze tongen raken elkaar en gaan op onderzoek uit. Ik ervaar een intens genoegen en een enorme opluchting en denk bij mezelf: het is tien jaar geleden dat ik zo iemand gekust heb, afgezien van Amelia. Natuurlijk heb ik talloze kusjes op de wang gekregen en gegeven, maar echt zoenen was het nooit. En ik denk ook: dit is niet de Will die vergeten was dat hij zijn eindexamen had gehaald en die vergeten was dat hij *Shrek 2* had gezien. Dit is echt. Het is niet echt, bedoel ik, maar ik ben het wel echt.

Dorothy haalt haar handen van mijn gezicht.

'Dit heb ik altijd al willen doen, weet je dat?' zegt ze.

'Weet ik, ja. Amelia zei het.'

'Vond je het fijn?'

'Ja,' zeg ik. 'Natuurlijk.'

'Je mag me wel aanraken, hoor,' zegt ze. 'Je mag me aanraken waar je maar wilt. Wil je dat?'

'Nou, natuurlijk,' zeg ik. 'Ja.'

Ze draagt een lichtblauw truitje. Ik weet al van tevoren dat het van kasjmier is. Ik leg mijn hand op de welving van haar borst, die zacht en soepel aanvoelt.

'Is dit een goed gevoel?' vraag ik. 'Ik bedoel, voor mij is het een goed gevoel.'

Ze kreunt alleen zacht spinnend.

'We zouden naar bed moeten gaan,' zegt ze.

'Ik ben getrouwd,' zeg ik. 'Ik heb niet alleen aan Amelia beloofd dat ik dit niet zou doen, ik heb het ook aan mezelf beloofd.'

'Het geeft niet,' zegt ze. 'Doe je kleren uit en kom mee naar bed.'

Ik doe de kamerjas uit, maar merk dan dat ik daaronder een pak draag. Ik doe het jasje uit, maar daaronder zit een vest, dat niet alleen dichtzit met een buitensporig groot aantal knopen, maar ook met haken. Dorothy kijkt me met een verwarde blik aan.

'Wil je niet?' vraagt ze.

'Zie je niet dat ik mijn best doe?'

Als ik wakker word, ontglipt het beeld me. Ik herinner me een kamer. Dorothy was er. En een gevoel dat er iets mis is gegaan.

Dorothy belde me op mijn werk. Ik heb tegen Sara gezegd dat ze moest zeggen dat ik in een vergadering zat.

'En hoe gaat het met je experiment?' vroeg Amelia.

'Welk experiment?'

'Dat dromen.'

'Het lijkt erop dat het niet lukt,' zei ik. 'Misschien ben ik er het type niet voor.'

Amelia had een stapel schoolschriften van een halve meter voor zich, ik een glas wodka met tonic van een decimeter.

'Jij denkt dat het om seks gaat,' zei ik.

'Is dat dan niet zo?'

'Als het er wel om ging...' Ik nam een slok uit mijn glas. 'Of laat ik het anders zeggen: natuurlijk gaat het daar niet om, maar uit filosofisch oogpunt is het wel interessant om de vraag te stellen of het je iets zou kunnen schelen als ik in een droom met iemand naar bed zou gaan. Zou je dan vinden dat ik je ontrouw was? Of zou je...'

'Ben je nog van plan me de gelegenheid te geven op je interessante filosofische vraag in te gaan of niet?'

'Ik probeer de vraag op de juiste manier te stellen. Sommigen vinden in je fantasie iets doen even slecht als het in werkelijkheid doen.'

'Nou, dat weet ik niet, hoor,' zei Amelia.

'Heb je wat dat betreft een standpunt? Heb je iets bij te dragen aan deze discussie?'

Amelia legde haar pen neer en dacht even na.

'Ik zou zeggen dat het twee heel verschillende dingen zijn. Het verschil tussen iemand die erover fantaseert dat hij Charlotte of Luke iets zou aandoen en iemand die dat daadwerkelijk zou doen, is zo ontzettend groot en zo onoverbrugbaar dat ik het eigenlijk idioot vind om ze met elkaar te vergelijken. Maar... ik weet niet, misschien is fantaseren wel een manier om je op iets voor te bereiden. Kom, geef me eens een slokje van je glas.' Ze stak haar hand uit naar het glas en nam een flinke slok. Dat vond ik nou zo leuk van Amelia, en daarom vond ik het ook fijn om met haar getrouwd te zijn: die vriendschappelijke, vertrouwelijke maar toch ook inhalige manier waarop ze zich iets toe-eigende wat van mij was, voedsel op mijn bord, een trui, zo terloops, zonder het te vragen.

'Vroeger op zondagsschool begreep ik nooit wat ze bedoelden met verleiding,' vervolgde ze. 'Ik begreep niet wat het was om in de verleiding te zijn om iets te doen en het dan niet te doen. Als je iets wilt doen, dan doe je het toch, dacht ik. En als je iets niet wilt, doe het dan niet. Door iets niet te doen, toon je dat je het niet wilde doen. Als ik jou zou vertellen dat ik in de verleiding was geweest om met Andrew naar bed te gaan – om maar iemand te noemen – maar het niet had gedaan, zou jij dan zeggen: wat goed van je dat je die bekoring hebt weerstaan, precies zoals het onzevader ons voorhoudt? Of zou je zeggen: o, waarom heb je je ertegen verzet? Is het niet eerder zo dat je een andere reden hebt om niet te doen wat je echt wilt, een reden die meer gewicht in de schaal legt? Fatsoen bijvoorbeeld? Of schuldgevoel? Of de vraag of je je er prettiger bij zou voelen of juist niet? Is dat een antwoord op je vraag?'

Ik dronk mijn glas leeg.

'Ik wou alleen maar zeggen dat het niet om seks gaat,' zei ik.

'Natuurlijk gaat het wel om seks,' zei Amelia.

Natuurlijk ging het om seks. Deze keer ziet de kamer er vrolijker uit. Over de stoel en deels op de vloer ligt een scharlakenrode shawl met kwastjes, de hemel buiten is onbewolkt en strakblauw. Ik denk bij mezelf dat ik het antwoord weet op de vraag die de mensen blijkbaar vaak stellen, namelijk of je in kleuren of in zwart-wit droomt. Ik droom in kleuren. Prachtige kleuren. Een roze jurk op de vloer, zwarte schoenen, een beha met roze franje. Ik volg het spoor door de kamer. Er ligt iemand in het bed, onder het dekbed. Een perzikhuid, een rode mond en weelderig zwart haar, uitwaaierend op het kussen.

'Hallo,' zegt ze. 'Ik lag al op je te wachten, rupsje.'

In mijn droom weet ik heel goed dat ik droom. Ik

weet dat 'rupsje' een wat merkwaardige koosnaam is. Ik weet dat ik Dorothy's mond roder en groter heb gemaakt dan hij in werkelijkheid is, en haar huid soepeler en haar haar langer en weelderiger op het witte linnen. Ik ben me ervan bewust dat ik me niet werkelijk in een kamer bevind, maar dat ik met mijn ogen dicht in bed lig. De kamer en alles wat zich daarin bevindt bestaan slechts in mijn gedachten. Maar tegelijkertijd voelt dit alles reëler aan dan al het andere.

Ik draag mezelf op naar het bed te lopen, maar dan besef ik ineens dat ik zware kaplaarzen aanheb, en ik moet me bukken om ze uit te doen. Ik knoop de ceintuur van mijn kamerjas open en doe hem uit. Dorothy giechelt, en ik zie ineens dat ik afwashandschoenen aanheb. Als ik ze uittrek, vallen ze naast elkaar op de grond, waarna ze als twee vissen wegglibberen. Ik concentreer me uit alle macht, en het enige dat ik nog weet, is dat ik eindelijk bij het bed kom; de kamer om me heen lost op in de duisternis, en het lichaam voor me licht op. Ik trek het dekbed iets opzij en kijk naar haar borsten.

'Zeg eens wat,' beveelt Dorothy.

Ik doe mijn mond open. 'Onze vader, die in de hemel zijt...' begin ik. Ik weet de woorden niet meer, maar ik weet dat Amelia ze nog wel kent. 'En van je falderalderiere,' zeg ik.

Ik moet me concentreren. Ik zeg tegen mezelf dat ik mijn hand op Dorothy's borst moet leggen, en ik doe het. Dorothy glimlacht tussen haar haarlokken door die voor haar mond hangen. Ik zeg tegen mezelf dat ik me voorover moet buigen en mijn mond op de hare moet drukken, en ik doe het.

'Doe je kamerjas uit,' zegt ze, en deze keer knoopt zij de ceintuur los, en deze keer draag ik er niets onder en legt zij haar koele hand op mijn verhitte geslachtsorgaan.

'Dit is een droom,' kreun ik in haar haar.

'Dat mag je verdomme wel zeggen, ja,' zei Amelia bits, terwijl ze me boos wegduwde. 'Je ligt maar te rollen en dingen te mompelen. Je hebt me wakker gemaakt.'

'Het is een droom,' herhaalde ik als een imbeciel, nog half slapend.

'Waar droomde je van?'

'Nergens van.'

'Je was het aan het doen, hè?'

'Ik weet niet waar je het over hebt. Ga maar weer slapen.'

Boos sloeg ze een paar keer op haar kussen om het zachter te maken, waarna ze me de rug toekeerde. Ik lag in het donker, badend in het zweet en vervuld van een hevige, nerveuze opwinding.

De volgende keer dat we samenkwamen was bij hen thuis. Het was een donkere, regenachtige avond, en Dorothy had een rijk gevulde vissoep gemaakt met stukjes zeevis die boven het rode, schuimige oppervlak uitstaken. Ze zei dat ze het recept uit een damesblad had, maar dat ze uren bezig was geweest met de bereiding. Ik doopte mijn lepel erin en schepte een garnaal op, bracht mijn lepel omhoog, maar was niet in staat de garnaal op te eten. Ineens voelde ik me klam en angstig.

'Is alles in orde met je?' vroeg Amelia.

'Ja hoor, prima. Alleen een beetje moe.'

'Je bent de hele avond al stil,' zei Dorothy. 'Niks voor jou. Neem nog wat wijn. Probeer maar eens gelijk op te drinken met Andrew.'

Ik voelde me niet bij machte haar rechtstreeks aan te kijken. Ik kon haar niet in de ogen kijken. Toen ze zich naar mij vooroverboog, zag ik de welving van haar borst en werd ik zenuwachtig, omdat ik ervan overtuigd was dat Amelia en Andrew naar ons keken. Bij alles wat ik zei of deed voelde ik een nieuw soort bevangenheid en was ik me steeds bewust van haar fysieke aanwezigheid.

'Will probeert de laatste tijd jouw droomadviezen op te volgen waar we het laatst over hadden,' zei Amelia opgewekt onder het nuttigen van een crème brûlée die te lang in de oven had gestaan. Ze klopte met kracht op het verschroeide oppervlak van verbrande suiker en keek me aan met een glimlach die ik niet goed wist te interpreteren.

'En, ging het?' vroeg Andrew.

'Nee,' antwoordde ik, te gehaast.

'Wat had je je voorgenomen te gaan dromen?' vroeg Dorothy, en heel even had ik het gevoel dat zij alles wist, zelfs de dingen die ik me niet meer kon herinneren.

Terwijl we in een miezerige regen naar huis liepen, zei Amelia: 'Je hebt een oogje op haar, hè?'

'Op wie?' vroeg ik onbeholpen.

'Wie dacht je? Zoveel vrouwen waren er vanavond toch niet in ons gezelschap? En mezelf bedoelde ik niet.'

'Natuurlijk heb ik geen oogje op haar.' Ik legde mijn arm om Amelia's schouder. 'Jij bent voor mij de...'

'Ja ja, ik weet het: de enige.'

'Je moet me geen dingen aanpraten,' zei ik, in een poging het luchtig te houden. 'Tenslotte was jij degene die zei dat zij met mij flirtte.'

'Flirt. Die met jou flirt. En dat met die lucide dromen...'

Ineens voelde ik een blinde woede in me opkomen, aangewakkerd door de vele glazen rode wijn. Ik haalde mijn arm van haar schouder. 'Dromen zijn niet meer dan dromen,' zei ik. 'En al zou ik lucide dromen hebben, wat niet het geval is, dan nog doe ik niks. Ik ben een trouwe echtgenoot en een goede vader. Ik ben niet van plan met iemand anders naar bed te gaan.'

'Maar je fantaseert wel over iemand anders. Je staat jezelf toe om te verlangen naar een andere vrouw.'

'Ik droom het alleen maar,' herhaalde ik. 'Wat wil je nou? Wil je ook nog over mijn gedachten heersen? Is het niet voldoende dat je weet wat ik in mijn leven doe? Wil je ook nog weten wat er in mijn hoofd omgaat?'

'Het is allemaal zo ordinair,' zei Amelia na een korte stilte.

'Heb je dan liever dat ik echt met iemand anders naar bed ga?'

'Nee,' zei ze. En toen, met een weemakend soort redelijkheid, die me ziedend maakte: 'Laten we het er niet meer over hebben, Will. Het is al laat, we zijn moe en we hebben allebei veel gedronken, vooral jij. Het is nu niet het moment om dit soort dingen te bespreken.'

Als iemand tegen je zegt dat het beter is om een onderwerp te laten rusten, heeft dat bijna altijd het tegenovergestelde effect. De ander lijkt daardoor in moreel opzicht boven je te staan, waardoor je het gevoel krijgt dat je hem of haar naar beneden wilt trekken, ook al zul je daar beiden schade van ondervinden. Boos zoog ik mijn longen vol lucht.

'Jij hebt vast ook dromen waar je mij niks over vertelt,' zei ik. 'Ik val jou daarover toch ook niet lastig, of wel soms? Er zijn grenzen, en ik respecteer die.'

'Laten we er nou over ophouden.'

'Jij bent altijd degene die over dingen wil praten. Alles uitpraten. Vertel jij mij dan eens wat jij droomt.'

'Wat is er nou aan de hand, Will?' vroeg Amelia met een afschuwelijk soort meelevendheid, waarvan ik wist dat die uitsluitend bedoeld was om mij nog kwader te maken. 'Voel je je soms schuldig over iets? Of heb je misschien iets onder de leden?' voegde ze er zoetsappig nog aan toe. 'Dat zou een verklaring kunnen zijn.'

Zijn er in andere huwelijken ook van dit soort ruzies, waarin je allebei verzeild raakt in een koortsige, waanzinnige starheid? Je weet het niet – het leven van de mensen onttrekt zich aan je waarneming en is vaak een onpeilbaar mysterie. Zo gingen we dus naar huis, we liepen snel en we waren boos, we maakten elkaar het ene verwijt na het andere, met de bedoeling elkaar te kwetsen en te beledigen, we bliezen en we zuchtten, en ten slotte vervielen we in een nukkig stilzwijgen, dat we volhielden totdat we de babysitter hadden betaald, even bij de slapende kinderen waren geweest om hen nog eens in te stoppen en onze slaapkamer in waren gegaan.

'Het spijt me,' zei ik ten slotte, terwijl ik keek hoe Amelia haar haar voor de spiegel losmaakte. Haar vermoeide gezicht, de rimpels om haar ogen, haar zware borsten, de bezorgde manier waarop ze zichzelf inspecteerde, dit alles vervulde me ineens met tederheid en een schuldgevoel. 'Ik weet niet wat er over me kwam.'

Ik wachtte. Als ze niet reageerde, zou de strijd voortgezet worden.

'Het spijt mij ook,' zei ze. Ze ging naast me liggen en legde haar hand even op mijn schouder voordat ze zich oprolde. 'Het was gewoon stom.'

Ik knipte het bedlampje uit en deed mijn ogen dicht.

'Ik hou van je,' zei ik tegen Amelia. En nu ga ik dromen, zei ik tegen mezelf. Ondanks alles wilde ik terug naar die kamer waar Dorothy op me wachtte.

Als ik haar borsten aanraak, kreunt ze. Ik druk mijn gezicht in haar donkere haar, en zij mompelt iets in mijn oor. Ik trek het dekbed van haar af. Ik kan het. Ik heb mezelf bevrijd en kan eindelijk dromen wat ik wil. Ik kan doen wat ik wil, en dit is wat ik wil. Niets anders.

Ik werd wakker en wist even niet waar ik was en evenmin wie er naast me lag. Het enige wat ik wist, was dat mijn hart wild tekeerging, dat ik met korte hijgerige halen ademde en dat ik verteerd werd door een gevoel van verlies. Ik sloeg mijn armen om het warme lijf naast me, trok haar naar me toe en kuste haar vertrouwde gezicht.

'Hallo,' mompelde Amelia. 'Is het al tijd?'

'Doet er niet toe,' zei ik. 'Kom hier.'

Slaperig en zonder haar ogen open te doen kwam ze met haar zachte lijf tegen me aan liggen. Ik hield haar stevig vast, en toen het voorbij was, bleef ik haar vasthouden en probeerde ik niet meer aan mijn droom te denken.

Voordat ik insliep zei ik tegen mezelf dat ik daar niet weer naartoe moest gaan, maar ik wist niet zeker of ik mezelf in dat opzicht in de hand had. Weer kwam ik in die kamer terecht, de vogels waren buiten, en in de verte zag ik weer het speelterrein, maar de beddenlakens waren nu scharlakenrood als de lippen van Dorothy. Zij lag op het bed, eindeloos willig, eindeloos gretig. Ik ging naast haar liggen, ging op haar liggen, en spreken hoefde niet meer.

Leek het op seks in de realiteit? Het was beter, want er kwamen geen lichaamssappen aan te pas, geen geurtjes en geen schaamte. Het leek op seks in een film, maar dan in de duurste soort Hollywoodfilms, met een perfecte belichting van strakke, honingbruine huid, zonder rimpels, vetkwabben of vettige haren. Dorothy's prachtige, roze tepels werden hard toen ik mijn tong erover liet gaan, haar rossige schaamhaar voelde zacht aan op mijn wangen en mijn lippen, kortom, ze was gretig en inschikkelijk en beantwoordde in alles aan wat ik me had voorgesteld. En ik werd niet beoordeeld, ik werd niet gewogen en te licht bevonden, er werd niet meer van me gevraagd dan ik kon geven. Tot nu toe was ik voor, tijdens en na de daad altijd zenuwachtig en gespannen geweest, en niet alleen bij Amelia. Erna was altijd het ergste. Ervoor was er meestal sprake van een verlangen dat in feite fungeerde als een soort belofte dat het deze keer goed zou zijn. Maar ik had mezelf nooit kunnen verliezen in mijn verlangen. Altijd was ik zenuwachtig, beschaamd of boos geweest. En naderhand, als de passie gedoofd was, was het altijd een rommeltje geweest, een plakkerige bedoening, waarin je je omslachtig van elkaar losmaakte en niet wist wat je tegen elkaar moest zeggen. Maar in dit geval pasten we uitstekend bij elkaar, hoe we ook in elkaar gestrengeld lagen, met de benen over elkaar heen en onder elkaar door. Ik kwam hijgend en kreunend in haar. Toen ze was klaargekomen, huilde ze even. We bleven tegen elkaar aan liggen, ik streek over haar haren en haar borsten.

'Ik heb het nog nooit zo meegemaakt,' zei ze. 'Ik heb nog nooit...'

Er ging een schok door me heen, en toen ik opkeek, zag ik Amelia bij het bed staan, die niet boos maar met verachting op me neerkeek. Beschermend stak ik mijn hand uit, maar Dorothy was weg. Ik ging overeind zitten. Ik probeerde Amelia te laten verdwijnen, dat wil zeggen alleen in mijn gedachten, maar er gebeurde niets.

'Je hoeft niet te denken dat ik iets zal zeggen,' zei ik.

Ze lachte alleen maar.

'Dacht je dat ik boos was?' vroeg ze. 'Ik voel alleen maar plaatsvervangende schaamte.'

'Het is je eigen schuld; dan had je maar niet binnen moeten komen,' zei ik.

'Vind je het zelf ook niet een beetje meelijwekkend?'

'Zou je dan liever hebben dat ik in de realiteit een buitenechtelijke relatie aanging?'

'Denk je dat je dat aan zou kunnen, een buitenechtelijke relatie?' vroeg ze. 'Volgens mij zou dat algauw een beetje te veel voor je worden.'

'Wie is hier nu meelijwekkend?' zei ik.

'Was het goed?' vroeg Amelia sarcastisch. 'Zei ze dat het leek alsof ze een aardbeving meemaakte? Dat het voor haar nog nooit zo goed was geweest.'

'Nou, om je de waarheid te zeggen...'

Amelia begon spottend te lachen.

'Je zou jezelf eens moeten zien,' zei ze. 'En jij dacht dat ik jaloers zou zijn. Jezus.'

Ze wendde zich af, en ik sprong uit bed om haar tegen te houden. Op het nachtkastje lag een stalen vleesmes met een in een krul uitlopend heft. Een soort slang, leek het wel. Ik wilde haar iets toeroepen, maar er kwam geen woord uit mijn mond. Het was alsof mijn mond vol aarde was. Ik probeerde de aarde uit te spugen, maar hoe meer ik spuugde, des te voller werd mijn mond. Amelia bekeek me aandachtig, en in haar blik zag ik dat ze het amusant vond.

'Weet je nou wat zo grappig is?' zei ze. 'Ik bedoel, wat onder andere zo grappig is, is dat jij de kans had om wat dan ook te doen, alles wat een mens maar kan bedenken, en dat je niks beters hebt kunnen bedenken dan dit. Tweederangs porno. Denk daar maar eens goed over na.'

Ik kon geen woord uitbrengen. Ik pakte het mes, het mes dat eruitzag als een slang, en stak het in haar. Het mes was vlijmscherp en gleed moeiteloos in haar romp. Het bloed spoot uit de wond en spatte op de vloer. Ik zag dat ze schreeuwde, maar ik hoorde haar niet. Het werd overstemd door het stromende bloed.

Op het moment dat ik wakker werd kon ik me nog een paar fragmenten herinneren, iets van bloed, menselijk vlees, de vogels, het speelterrein, maar zelfs die details leken weg te vloeien door de kieren in mijn geheugen. Het enige dat ik voelde, was een naamloze, ongerichte angst. In paniek keek ik naar Amelia, maar zij lag te slapen. Ik probeerde haar wakker te schudden. Ze zei iets wat ik niet verstond.

De volgende ochtend was ik ervan overtuigd dat ze het wist. Niet door wat ze zei, maar door de manier waarop ze zweeg. Ik had het gevoel betrapt te zijn bij iets onfatsoenlijks, waarvan ik geen idee had wat het was, terwijl zij het niet precies wist. Ik had het gevoel dat ik me moest verontschuldigen voor iets, maar ik wist niet hoe, of wat ik precies moest zeggen. Terwijl ik me beschaamd schoor en aankleedde, had ik het gevoel dat deze dag anders was dan normaal. Ik treuzelde voordat ik naar beneden ging. Ik durfde mijn gezinsleden niet goed onder ogen te komen.

Toen ik de keuken in kwam, stonden Amelia en Charlotte en Luke op een rijtje naast elkaar als drie grootinquisiteurs. Ik bleef stokstijf staan en keek hen aan. Toen begonnen ze 'Happy Birthday' te zingen. Ik slaakte een kreet van verbazing en begon te lachen.

'Was je het echt vergeten?' vroeg Amelia, alsof ze het bijna niet kon geloven. 'Maar goed, tegen de tijd dat ik de vijfendertig gepasseerd ben, wil ik het misschien ook liever vergeten. Kijk eens wat we voor je hebben gekocht.'

Ze hadden de cadeaus op de keukentafel gelegd. Van Luke kreeg ik een stripverhaal waarin ikzelf als held fungeerde. Charlotte had 'met een beetje hulp van mammie' een paar chocoladetruffels gemaakt. En verder waren er nog cadeautjes waarbij ze luidkeels vermeldden dat ze Amelia bij de keuze ervan hadden geholpen. Er was een cd waarvan Andrew tegen Amelia had gezegd dat ik die mooi zou vinden, een dvd van *Shrek 2* en een oogverblindend Hawaïaans overhemd. Het laatste pakje was langwerpig en dun.

'Dat is een cadeau dat alleen maar saai en nuttig is,' zei Amelia. 'Maar je zegt al tijdenlang dat we geen brood kunnen snijden zonder dat de hompen eraf vallen, dus heb ik voor veel geld het beste mes gekocht dat ze in de winkel in voorraad hadden.'

'Hadden we er niet al een?' vroeg ik, even in verwarring.

'Doe niet zo belachelijk,' zei Amelia.

'Ik heb geholpen het uit te kiezen,' zei Charlotte. 'Het handvat lijkt op een slang.'

Ik begon het uit te pakken. Mijn handen beefden.

'Voorzichtig,' zei ze.

'Nee,' zei ik. 'Wat prachtig. En je hebt gelijk, het lijkt inderdaad net een slang.' Ik liet een vinger over het koude lemmet gaan; op mijn vingertop verscheen een druppeltje bloed. Ik probeerde me iets te herinneren, iets onaangenaams, dat me echter ontglipte. 'Een prachtige slang.'

ELVIN POST

Meer voor minder

Miranda van der Korf stond op het punt de deur uit te gaan toen de telefoon ging. Ze keek op haar horloge. Over tien minuten had ze in de Tutti Frutti Bar afgesproken met Suzanne, veel tijd had ze dus niet meer. Ze wilde het telefoontje negeren, maar stel dat het Suzanne was, die afbelde? Ze aarzelde even, maar snelde toch naar de telefoon. Vlak voor de vijfde *ring* – waarna de voicemail zou worden ingeschakeld – nam ze op.

'Met Miranda.'

'Spreek ik met mevrouw M. van der Korf?' vroeg een mannenstem.

Ze zuchtte. 'Is dit een verkooptelefoontje?'

'Een verkooptelefoontje? Nee hoor, mevrouw, geenszins... Ik bel omdat ik een unieke aanbieding voor u heb, en–'

Miranda vloekte binnensmonds en onderbrak

de beller. 'Luister, ik heb hier geen tijd voor, ik heb een afspraak. Goedenavond.' Ze hoorde hoe de mannenstem aan de andere kant van de lijn iets mompelde over de mogelijkheid om terug te bellen op een tijdstip dat het haar beter schikte (ze kende alle tekstjes feilloos uit haar hoofd, ze werd om de haverklap telefonisch geconfronteerd met unieke aanbiedingen en onmisbare kansen) en ze verbrak de verbinding. Ze keek op haar horloge, vloekte nogmaals – dit keer niet binnensmonds – omdat ze te laat ging komen, en haastte zich richting voordeur.

Hij keek naar haar. Eerst had Miranda getwijfeld, en had ze over haar schouder gekeken, in de veronderstelling dat er een andere vrouw achter haar aan de bar zat, een vrouw die veel mooier was dan zij en daarom kon rekenen op zijn aandacht.

Maar er zat geen andere vrouw achter haar. Er zat niemand. Hij keek naar háár.

Nu stond hij op en kwam op haar af.

Snel keek ze de andere kant op. Hij moest natuurlijk gewoon naar het toilet, dat zich enkele meters achter haar bevond. Hij was echt niet in haar geïnteresseerd, het moest haar levendige verbeelding zijn. Over een paar seconden zou hij langs haar heen lopen en zou ze hem zien verdwijnen in het herentoilet. Wat moest een knappe man als hij immers –

'Hallo.'

Ze draaide zich met een ruk om.

Hij stond vlak voor haar, glimlachend. Stak zijn hand uit en zei: 'Ik ben Eric. Ik zag je hier zo alleen zitten, en dacht: misschien ben je voor het eerst in deze stad, heb je geen vrienden, voel je je doodongelukkig en alleen en' – hij spreidde zijn armen – 'stel je prijs op mijn gezelschap.' Hij keek haar met een licht ironische, maar doordringende blik aan.

Wat een exemplaar.

Miranda dacht koortsachtig na. Nu moest ze iets zeggen waarmee ze zijn interesse in haar verder aanwakkerde, maar niet te gretig zijn. Haar vriendinnen zeiden altijd tegen haar dat dat haar probleem was. Met een gezonde dosis afstandelijkheid bereikte je veel meer, zo had Rachel haar vorige week nog toevertrouwd. 'Je moet ze nooit, maar dan ook nóóit het gevoel geven dat je niets liever wilt dan... nou ja, je begrijpt wel wat ik bedoel.'

Tja, Rachel had makkelijk praten. Ze was inmiddels vier jaar getrouwd, had een zoontje van anderhalf en hoefde zich niet meer zo nodig in het nachtleven te storten op zoek naar snel of langdurig geluk.

'Ik zou zeggen: ga zitten.' Ze deed haar best nonchalant te klinken.

Hij bleef staan.

Zie je wel, dacht ze. Te gretig. Ik had eerst iets anders moeten zeggen, of tenminste verbaasd moeten kijken. Of...

'Mag ik misschien, voordat ik ga zitten, weten of je ook een naam hebt?'

Ze voelde dat ze bloosde. Misschien had ze toch de juiste toon aangeslagen. 'Ik...eh... ik heet Miranda.'

'Miranda,' zei Eric, terwijl hij ging zitten. 'Een mooie naam die past bij een mooie vrouw.'

Miranda voelde hoe haar hart sneller begon te kloppen. Vijf minuten geleden was ze geïrriteerd geweest omdat Suzanne er nog niet was. Ze had zich een ongeluk gehaast omdat ze wist dat ze te laat was, en dat alles om bij aankomst in de bar te constateren dat Suzanne nóg later was dan zij. Maar inmiddels had haar irritatie plaatsgemaakt voor de vurige hoop dat Suzannes metro onherstelbare pech had gekregen, of beter nog: was gekaapt door terroristen.

'Om maar met een cliché te beginnen,' zei Eric met een vreemde grijns. 'Wat doet een mooie vrouw als jij helemaal alleen in een bar als deze?'

Miranda had het gevoel dat ze droomde. Zat er tegenover haar werkelijk een man van achter in de twintig die grote gelijkenis vertoonde met Brad Pitt, maar die, in tegenstelling tot haar favoriete acteur, Nederlands sprak en bovendien uit eigen beweging naast haar was komen zitten? Of zou ze plotseling de schuurpapieren tong van haar kater Leo in haar oor voelen en wakker worden?

Eric droeg een duur uitziend donkerblauw pak, met daaronder een lichtblauw overhemd, hij had zich enkele dagen niet geschoren, maar dat maakte hem – wat haar betreft – nog aantrekkelijker. Als Suzanne nu maar wegbleef. Zodra Eric haar vriendin zou zien, zou hij natuurlijk geen interesse meer in haar hebben. Zo was het in haar leven maar al te vaak gegaan.

Ze besefte dat hij haar vragend aankeek. Wat had hij ook alweer gezegd? O ja, hij wilde weten wat ze hier deed. Ze had weinig zin hem te vertellen dat ze op haar vriendin Suzanne wachtte, en zocht naar een gepast excuus, toen de deur van de bar openzwaaide.

'He, Miran!'

Miranda verstijfde op haar kruk. Daar was Suzanne, die er natuurlijk zoals altijd onweerstaanbaar uitzag. Ze deed haar best om enthousiast te zwaaien, en richtte zich toen weer op Brad Pitt, hoewel ze ervan overtuigd was dat hij inmiddels helemaal in beslag zou worden genomen door het spetterende figuur van haar vriendin in de deuropening.

Ze had het mis.

Brad Pitt – Eric – keek nog altijd naar haar. Zag ze zelfs teleurstelling in zijn ogen? Nee, nu ging haar fantasie weer met haar op de loop. Het zou vanzelf anders worden zodra Eric Suzanne van dichtbij zag. Dan zou zijn belangstelling voor Miranda vanzelf wegebben. Eric zag eruit als een gentleman. Hij zou haar niet onmiddellijk links laten liggen, maar geleidelijk zijn aandacht op Suzanne vestigen, in de hoop haar niet onnodig te kwetsen.

Suzanne stond inmiddels bij Miranda's kruk en kuste haar zoals altijd overdreven joviaal op de mond. Als Eric nu maar niet dacht dat ze...

'Ik begrijp dat je hebt afgesproken,' zei Eric, zijn blik nog altijd op Miranda gericht.

'Ja,' flapte Suzanne eruit, voordat Miranda kans zag zelf te reageren, 'maar Miranda en ik hebben helemaal geen bezwaar tegen het gezelschap van een knappe man, al zou het natuurlijk heel fijn zijn als je je tweelingbroer even zou willen bellen.'

Miranda kon wel door de grond zakken. Hoe kon

Suzanne dit soort teksten eruit gooien? Ze zag Eric zijn wenkbrauwen fronsen, en vervolgens een snelle blik werpen op de Olivier Bommel-klok boven de bar. 'Helaas, dames, mijn tweelingbroer is vanavond al bezet en bovendien heb ik over een halfuur andere verplichtingen. Ik wens jullie een prettige avond.' Hij draaide zich om, aarzelde toen even en keek Miranda aan. 'Wacht: mag ik misschien je telefoonnummer? Dan bel ik je later.'

Zie je wel, dacht Miranda. Hij was beleefd. Zelfs nu hij helemaal op hen was afgeknapt door de opmerking van Suzanne, vroeg hij nog om haar telefoonnummer. Ze kreeg een pen van de barman, scheurde een bierviltje in tweeën en schreef haar nummer erop. Ze had zin om haar vriendin te wurgen, maar slaagde erin te glimlachen terwijl ze haar nummer aan Eric overhandigde.

Eric glimlachte en ze zag hoe het halve bierviltje in de binnenzak van zijn dure pak verdween. Hij zwaaide naar hen, en weg was hij.

Suzanne nam plaats op Erics kruk, bestelde een tequila en zei: 'Zo, Miran. Ik geloof dat jij me een heleboel te vertellen hebt. Wat een lekker ding, zeg... Heb je hem net ontmoet? Nou, mijn complimenten. Al moest ik wel lachen om zijn schoenen, zou dat nieuwe mode zijn?'

'Zijn schoenen?' vroeg Miranda.

'Ja. Heb je dat niet gezien? Ik wist niet dat liefde zo blind maakt. Zijn schoenen staken nogal af bij zijn dure pak. Ze zaten onder de modder.'

Miranda's huisgenoot, een zesjarige kater die Leo heette, zat te miauwen op de keukenvloer. Miranda gaf hem de helft van haar boterham met smeerleverworst omdat ze was vergeten kattenvoer te kopen. Het was stil in het appartement, en ze voelde zich beroerd. Ze had het vrijdagavond niet laat gemaakt. Na een uurtje had ze tegen Suzanne gezegd dat ze knallende hoofdpijn had, en was naar huis gegaan. Zaterdag had ze de hele dag door het centrum gedrenteld, een beetje gewinkeld, koffie gedronken en nog wat meer geshopt. Ze wilde niet thuis zijn, omdat ze wist dat ze alleen maar naar de telefoon zou staren. Misschien, heel misschien zou hij bellen. En als ze de hele dag in de stad zou blijven, was de kans groter dat hij had gebeld als ze terugkwam.

Toen ze thuiskwam waren er twee berichten.

Met ingehouden adem had ze op *afspelen* gedrukt. Het eerste bericht was van Suzanne: 'Miran? Mirannetje? Ik weet zeker dat die spetter van gisteravond je inmiddels heeft gebeld en ik wil er alles over horen... Bel je me snel?'

Miranda wiste het bericht, haalde diep adem en luisterde toen naar het tweede bericht, dat twee uur later was ingesproken: 'Wil je me soms de details niet vertellen?' vroeg de stem van Suzanne. 'Nou, dan moet je het zelf maar weten. Ik was alleen maar benieuwd, hoor. Doei!'

Miranda wiste ook dit bericht en riep: 'Nee! Hij heeft helemaal niet gebeld, er zíjn geen details om te vertellen, en dat komt allemaal door jouw stomme opmerking over zijn tweelingbroer!' Ze begon te huilen.

Vanochtend had ze ook gehuild, zomaar ineens, onder de douche, en nu voelde ze zich niet eens verdrietig meer. Alleen nog maar leeg. Afgepeigerd.

Leo likte leverworst van zijn snorharen en keek niet-begrijpend naar haar op. Alsof hij wilde zeggen: waar maak je je druk over, je hebt mij toch?

Ze had die avond geen zin om te koken, dus besloot ze Thais te gaan halen bij Nok Noi. Ze haalde de menukaart uit de keukenla, tuurde naar de gerechten en probeerde een keuze te maken tussen kip in rode curry en rundvlees met pepers en basilicum. Op het moment dat ze besloot misschien toch maar kip in gele curry te nemen (het was een van de milde gerechten, waar Leo ook van hield) schrok ze op van het geluid van de telefoon.

Dat zou vast Suzanne weer zijn. Die wist ook van geen ophouden. Misschien moest ze haar maar gewoon de waarheid zeggen, dan voorkwam ze in ieder geval dat Suzanne het nog eens in haar hoofd haalde de kans van haar leven te verzieken. Als er voor Miranda een volgende keer kwam, natuurlijk.

'Ja?' vroeg ze.

'Spreek ik met mevrouw M. van der Korf?' zei een mannenstem.

Ze zuchtte. 'Ja, daar spreekt u mee... laat me raden: u heeft een unieke aanbieding voor me, iets dat ik onmogelijk kan weigeren, en het kost me helemaal niets. Heb ik gelijk of niet?'

'Eh...nou...'

'Laat maar. Sorry, ga vooral verder met uw verhaal,' zei ze cynisch. 'Ja, u spreekt met M. van der Korf. Wat kan ik voor u doen?'

'Nou, u spreekt met Ron Bakens van LeenMeerVoorMinder. Ik mag u namens LeenMeerVoorMinder – wat dat betreft had u net gelijk met uw voorspelling – een uniek aanbod doen, waardoor al uw geldzorgen in één klap de wereld uit zijn.'

Dit was bizar. Verkooptelefoontjes kreeg ze om de haverklap, maar niet van het bedrijf waarvoor ze zelf drie jaar geleden enkele maanden als telefonisch verkoper had gewerkt. Ze grinnikte en zei: 'Ik heb geen geldzorgen.'

'Maar u wilt toch niet zeggen dat u nooit eens denkt: wow, die auto zou ik best willen hebben, maar helaas, zoveel cashgeld heb ik niet beschikbaar.'

Hoewel ze het ergens wel grappig vond dat ze werd gebeld door het oplichtersbedrijf waarvoor ze zelf had gewerkt, besloot ze toch maar een eind aan het gesprek te maken. Ze had honger en wilde eten gaan bestellen. Dus zei ze: 'Luister, ik heb zelf een paar maanden als telefonisch verkoper voor LeenMeerVoorMinder gewerkt en ik weet wat er gebeurt. Het eerste jaar gaat alles prima en heb je geen verplichtingen, maar in het tweede jaar moet je gaan terugbetalen met torenhoge rentes. Alleen idioten trappen daar in. En nu moet ik helaas ophangen. Ik heb toch al niet zo'n beste dag achter de rug en–'

'Zei u: "Alleen idioten?"'

'Ja, natuurlijk. Een normaal denkend mens vraagt naar de voorwaarden.'

'Juist.' De verkoper klonk nu heel wat minder enthousiast. 'Ik dank u voor uw tijd. Goedenavond.'

Miranda schudde haar hoofd en belde Nok Noi. Ze bestelde kip in gele curry en kreeg te horen dat ze haar bestelling over tien minuten kon afhalen.

Ze had de verbinding nog maar net verbroken of de telefoon ging opnieuw. Ze wist dat de verkopers van LeenMeerVoorMinder instructies kregen agressief te werk te gaan – ze had er destijds zelf ook aan moeten geloven en zodoende waarschijnlijk heel wat arme zielen in grote financiële problemen gebracht – en dus verwachtte ze min of meer dat het bedrijf haar terugbelde om nog maar eens aan te dringen. 'Ja?' zei ze, terwijl ze moeite deed kortaf en geïrriteerd te klinken.

'Hallo?' zei de mannenstem die ze herkende als de stem van de LeenMeerVoorMinder-verkoper.

'Luister,' zei Miranda, 'er valt bij mij echt niets te halen. Zoals ik al zei: ik heb voor jullie gewerkt en ik trap er dus nooit van mijn lang-zal-ze-leven in. Wilt u me dus verder met rust laten?'

'Miranda? Ben jij dat?'

Miranda schrok. Ze wist tamelijk zeker dat ze met het nodige cynisme in haar stem had bevestigd dat ze M. van der Korf heette. Toch had de man haar zojuist met haar voornaam aangesproken. 'Hoe weet u...'

'Miranda?' zei de mannenstem opnieuw. 'Ik ben

het, Eric. Misschien ben je me alweer vergeten, maar we hebben elkaar gisteravond ontmoet. Je gaf me je telefoonnummer. Is er iets vervelends gebeurd?'

Wat was ze toch een imbeciel. De man die ze nu aan de telefoon had, was niet de man van LeenMeerVoorMinder. Het was Brad Pitt zelf. Haar droomvent Eric, op wiens telefoontje ze al die tijd met smart had zitten wachten. En nu was ze als een krankzinnige tegen hem tekeergegaan.

'Miranda?' Ondanks haar absurde reactie klonk zijn stem vriendelijk.

'Ja... Het spijt me. Ik... ik werd net gebeld door zo'n telefonisch verkoper die me van alles en nog wat wilde aansmeren. Ik had net opgehangen... toen belde jij en ik dacht–'

Zijn gelach onderbrak haar verhaal. 'O, dat is het. Nou, dan begrijp ik je reactie helemaal. Die verkooptelefoontjes maken mijn leven ook niet bepaald leuker. Ik zou precies zo moeten reageren als jij net deed, maar ik vrees dat ik er, tja... te beleefd voor ben. Misschien kun je me leren hoe ik ze moet afpoeieren tijdens een hapje eten in een gezellig restaurant?'

Ze deed haar best om kalm te blijven, maar het kostte grote moeite. Brad Pitt wilde met haar uit eten.

Ze dacht aan haar bestelling bij Nok Noi. Ze was er vaste klant en wist zeker dat ze haar bestelling kon cancelen, zeker als ze een tafel zou reserveren voor later die avond. Ze vroeg of Eric van Thais hield en gaf hem het adres van Nok Noi. Vervolgens zocht ze naar woorden om het gesprek mee te beeindigen en zich – zonder zich belachelijk te maken – nog eens te verontschuldigen voor de manier waarop ze zojuist de telefoon had opgenomen. Maar ze kon niets verzinnen. Dus bedankte ze hem simpelweg voor de uitnodiging en zei: 'Ik hoop dat je het goed vindt als ik trakteer. Als goedmakertje voor mijn lompe gedrag.'

Hij lachte. 'Afgesproken.'

Nok Noi was zoals altijd goed gevuld. Ze zaten aan een tafeltje bij het raam. Miranda nam een hap van haar kip in gele curry terwijl ze luisterde naar Eric. Hoewel, lúísterde... Ze merkte dat ze hem zo nu en dan alleen maar zat aan te gapen, onderwijl denkend: wat ziet deze man in mij? Waarom heeft hij mijn telefoonnummer gevraagd? Waarom heeft hij niet alleen mijn telefoonnummer gevraagd, maar me ook nog gebéld?

Eric droeg hetzelfde duur ogende pak dat hij had gedragen tijdens hun eerste ontmoeting in de

Tutti Frutti Bar. Hij nam kleine hapjes van zijn garnalen in rode curry en vertelde over zijn werk bij een incassobureau. '...ik ben dus blij dat ik het grootste deel van de tijd achter mijn bureau zit, want eerlijk is eerlijk: het zware werk in deze business wordt gedaan door de mensen die het contact met de wanbetalers hebben en ervoor moeten zorgen dat ze op den duur over de brug komen. En ik kan je verzekeren: dat is geen makkelijk werk. Ik ben er ooit mee begonnen en ben blij dat ik nu een positie heb waarin ik voornamelijk het overzicht moet houden. Zorgen dat de zaak draaiende blijft, als je begrijpt wat ik bedoel.' Hij keek haar aan en vroeg: 'En jij? Hoe kom jij de dagen door?'

Ik kijk voornamelijk soaps, samen met mijn kater Leo, had ze er bijna uitgeflapt. Op het laatste moment bedacht ze zich en begon ze koortsachtig na te denken over een spannender antwoord. Dat viel niet mee. Het was al zo lang geleden dat ze iemand over zichzelf had verteld, laat staan dat ze 'zichzelf had moeten verkopen' – zo noemde Suzanne dat altijd, wanneer ze verslag deed over hoe ze indruk had gemaakt op een man.

Uiteindelijk besloot Miranda gewoon de waarheid te vertellen. Dat ze werkte bij een reisbureau, waar ze de hele dag opgewonden jonge stelletjes ontving die exotische reizen kwamen boeken, en vaak zo verliefd waren dat ze zelfs gedurende de tien minuten dat Miranda hun gegevens in de computer invoerde niet van elkaar af konden blijven. Vervolgens vertelde ze dat ze zich er verveelde en dat ze graag eens iets anders zou willen. Dat dit makkelijker gezegd dan gedaan was...

Ze zag dat Eric haar vragend aankeek. 'Ik dacht dat je aan de telefoon iets zei over werk in de telefonische verkoop?'

Miranda lachte. 'Ja, dat klopt. Maar dat is zo'n deprimerend onderwerp. Niet iets om tijdens een eerste afspraakje eens lekker over uit te weiden.'

Daar was Eric het mee eens. De rest van de avond verliep fantastisch. Miranda betaalde – zoals ze had beloofd – en net toen ze zich afvroeg of ze hem moest uitnodigen om een drankje te komen drinken in haar appartement, zei hij: 'Miranda, ik heb een heerlijke avond gehad. Zullen we het morgen nog eens overdoen, en dan op mijn kosten?'

Ze knikte en dacht: het is zover, na al die jaren heb ik hem gevonden: Brad Pitt vindt me leuk!

De avond daarop zaten ze aan hetzelfde tafeltje. Het was net zo gezellig als de avond ervoor, al voelde Miranda zich een beetje moe. Vanwege haar opwinding en hevige verliefdheid (het had geen zin meer het te ontkennen) had ze vannacht nauwelijks een oog dichtgedaan.

Na het voorgerecht – een geweldig lekkere Thaise rundvleessalade – zei Eric: 'Je zou me nog vertellen over je werk in de telefonische verkoop.'

Miranda was zijn vraag van de dag ervoor alweer vergeten, en fronste een beetje verbaasd haar wenkbrauwen. 'Ik wil het wel vertellen, maar veel plezier heb ik niet aan dat werk beleefd...' Eric keek haar aan, maar zei niets, en dus praatte Miranda gewoon door. 'Drie jaar geleden werkte ik een paar maanden voor LeenMeerVoorMinder, je weet wel, dat bedrijf van die televisiereclame. Ik belde de hele dag willekeurig mensen op en probeerde ze allerlei leningen aan te smeren. Het was deprimerend werk. Vooral als ik iemand aan de telefoon kreeg die in de schulden zat, en die hapte bij gebrek aan een andere manier om van zijn of haar schulden af te komen.'

Nu was het Erics beurt om verbaasd te kijken. 'Hapte?'

'Ja, hapte,' zei Miranda. 'Kijk, degenen die er intrappen zijn bijna allemaal idioten. Ze luisteren niet goed, horen alleen maar de bedragen die je voortdurend blijft herhalen – dat is de policy van het bedrijf – en vaak vragen ze niet eens naar de voorwaarden.'

'Was het daarom zulk deprimerend werk? Omdat je medelijden met je klanten kreeg?'

'Medelijden? Nee, dat had ik niet echt met die mensen. Ik vond het eerder deprimerend om te ontdekken dat er zulke domme mensen op de wereld zijn. Je kunt er toch van uitgaan dat geen mens je opbelt om je geld toe te schuiven zonder dat daar iets tegenover staat. Zonder dat er een addertje onder het gras zit?'

Eric knikte en dacht daar even over na. 'Tja, misschien heb je gelijk. Maar aan de andere kant: die mensen zoeken niet zelf de problemen op. Ze worden gebeld en wanneer ze in grote financiële problemen zitten, nou ja, dan wil je misschien niet nadenken over dat addertje. Dan hap je misschien bij een gebrek aan een alternatief.'

Miranda knikte. Ze vroeg zich af of Eric haar houding ten opzichte van haar voormalige cliëntèle te hard vond en zei: 'Zullen we het ergens anders over hebben?'

'Had je echt nooit medelijden? Niet één keer?' Eric wilde het er kennelijk nog niet bij laten zitten.

'Nee. Ik moest geld verdienen, net als ieder ander.' In werkelijkheid had Miranda destijds wel degelijk zo nu en dan medelijden gevoeld met haar 'slachtoffers'. Maar ze was niet van plan dat toe te geven. In eerdere mislukte relaties hadden haar inmiddels ex-vriendjes haar meer dan eens verweten dat ze overgevoelig was. Daarom besloot ze dat ze vandaag niet wilde overkomen als een tutje dat met terugwerkende kracht gewetensbezwaar had over een suf studentenbaantje. Wanneer Eric uiteindelijk zou besluiten dat hij bij nader inzien toch niets in haar zag, kon ze zichzelf in ieder geval niet verwijten dat ze zich te soft had gedragen.

Eric zweeg een tijdje en nam een hap van zijn eten. Hij had opnieuw de garnalen in rode curry genomen, dat was hem gisteren blijkbaar goed bevallen. Toen keek hij haar liefdevol aan en zei: 'Miranda, dit restaurant is werkelijk uit de kunst.'

Ze hadden afgerekend en zaten nog wat te praten, toen Erics hand plotseling onder de tafel verdween om weer tevoorschijn te komen met een gevulde plastic zak.

Miranda keek hem vragend aan.

Eric stak zijn hand in de zak en zette een fles sancerre op tafel. 'Woon je hier in de buurt?'

'Ja,' zei Miranda. 'Twee blokken verderop. Hoezo? Wilde je...'

'Natuurlijk wil ik je appartement zien,' onderbrak Eric haar.

Miranda lachte. 'Mijn appartement? Hoe weet je dat? Misschien woon ik wel in een villa aan de Bergse Plas.'

Eric stond op. 'Misschien. Maar dan heb je me denk ik niet de hele waarheid verteld over je werk en ben je geen medewerker, maar éígenaar van dat reisbureau.'

'Oké, je hebt gelijk.' Ze trok haar jas aan en wilde net haar stoel aanschuiven toen haar blik op zijn schoenen viel. Ze herinnerde zich dat Suzanne er een opmerking over had gemaakt op de avond waarop ze Eric ontmoette.

Er zat modder op.

Ze besefte niet dat ze naar zijn schoenen staarde en schrok op uit haar overpeinzingen toen Eric zei: 'Wat is er? O, mijn schoenen. Het spijt me, ik had geen tijd meer om andere aan te trekken nadat ik Scooby had uitgelaten.'

'Scooby?'

'Ja, Scooby. Mijn hond.'

'Je hebt niet verteld dat je een hond hebt.'

Hij lachte. 'We kennen elkaar ook net. Er is zoveel wat ik je nog niet heb verteld. Zullen we?'

In de lift op weg naar haar appartement, sloeg de twijfel toe. Waar ben ik mee bezig? Loop ik niet te hard van stapel? Miranda had de uitdrukking 'vlinders in je buik' altijd een beetje vreemd gevonden. Maar als er een gevoel was dat er dichtbij kwam, dan had ze dat op dit moment. En toch. Op de een of andere manier moest ze steeds aan dat liedje denken, 'Dromen zijn bedrog'. Dit was allemaal te mooi om waar te zijn, het paste eenvoudigweg niet in de aaneenschakeling van teleurstellingen die de rest van haar leven kenmerkte. Haar ontmoeting met Eric, het feit dat hij niet voor Suzanne was gevallen. Dat hij in plaats daarvan haar had teruggebeld.

Of klopte het allemaal wel en was haar tijd nu eindelijk gekomen? Was het geluk waarvan ze jaren had gedroomd nu per hogesnelheidstrein gearriveerd? Stond 'het' zelfs op dit moment naast haar in de lift?

Ze begon net in haar kansen te geloven, toen haar blik op zijn linkerhand bleef rusten en ze zijn trouwring zag. Dus toch...

Alsof Eric haar gedachten kon lezen, beroerde hij heel even haar arm en zei: 'Maak je geen zorgen, ze is twee jaar geleden bij me weggegaan. Ik heb die ring nooit afgedaan, ik weet eigenlijk niet waarom. Ik...' Hij slikte.

Miranda schaamde zich, ze zag dat Erics ogen waterig werden en wist niet waar ze moest kijken. 'Eh, dat spijt me.'

'Ja,' zei Eric, terwijl hij zich vermande. 'Het is inderdaad spijtig. We hadden het goed samen.'

'Waarom... waarom is ze bij je weggegaan? Als je dit te persoonlijk vindt, dan–'

'Ik had iets doms gedaan.'

'Iets doms? Je bedoelt... iets met een andere vrouw?'

'Nee, het ging om geld.'

'O.'

De lift bereikte de zesde verdieping en de deuren schoven geruisloos open.

Ondanks het heerlijke gevoel in haar onderbuik – en de aanblik van Eric naast haar op de bank – begon Miranda zich een beetje vreemd te voelen. Ze was geen grote drinker, maar dat ze na een glaasje wijn al moeite had haar arm op te tillen, was wel erg treurig. Ze schaamde zich, bedacht dat het te maken moest hebben met zenuwen, en besloot stil te blijven zitten zodat Eric niets zou merken. Ze was blij dat ze vanochtend een beetje had opgeruimd, zodat er niet overal kattenhaar op de grond lag en haar appartement er redelijk toonbaar uitzag. Als ze zich nu maar snel weer wat beter ging voelen.

Gelukkig was er met haar gedachten niets mis en kostte helder denken geen moeite. Sinds ze een halfuur geleden het appartement waren binnengegaan, hadden ze op de bank zitten praten. Eric was naar de keuken gegaan om wijn in te schenken, en hij zat nu met Leo op zijn schoot naar haar te kijken.

'Voel je je wel goed?' vroeg hij.

Miranda zuchtte. Ze had nog wel zo haar best gedaan niets te laten merken van haar lamlendige gevoel. En nu prikte hij er zomaar doorheen. Nou ja, het was in ieder geval een man met een scherpe blik.

Ze wilde haar arm optillen om nonchalant een hand door haar haren te halen. Toen schrok ze. Even kon ze het niet geloven. Maar nadat ze het nog eens had geprobeerd, wist ze zeker dat ze zich niet vergiste.

Ze kon zich niet bewegen.

Eric krabde Leo achter zijn oor, de kater spinde en plantte zijn nagels in Erics dure pak. Het leek hem niet te deren. 'Nou Leo, het ziet ernaar uit dat je baasje een beetje moe is. Wat denk jij ervan? Volgens mij heeft ze een warm bad nodig.' Even keek

Eric naar de kater, alsof hij verwachtte dat het dier iets bevestigends zou mompelen of grommen. Toen dat niet gebeurde, tilde hij Leo op en zette hem op de grond. Vervolgens keek hij naar Miranda.

Miranda ademde zwaar, het was alsof alles om haar heen zich in slow motion voltrok. Ze was ooit aan haar meniscus geopereerd, en het gevoel dat ze nu had leek erg veel op dat wat ze destijds had ervaren, toen ze vanaf haar middel onder narcose was. Ze kon nadenken, maar het was tegelijkertijd alsof ze droomde, alsof haar appartement een abstracte mengeling van gekleurde vlakken was geworden. Nogmaals probeerde ze haar arm te bewegen, opnieuw zonder resultaat.

'Vervelend hè,' zei Eric, die haar nog altijd aankeek. 'Je wilt opstaan, maar het gaat niet. Je wilt je bewegen, maar je lichaam luistert niet naar wat je geest wil. De omstandigheden zitten tegen. Zou het nu niet geweldig zijn als de telefoon ging, en je zou worden verrast door zo'n lieve stem van een telefonisch verkoper die je een unieke aanbieding zou doen: een middeltje waardoor je je binnen drie minuten weer zou kunnen bewegen, bijvoorbeeld? Maar nee, dat gebeurt niet. Want als je ze nodig hebt, dan bellen ze niet. Geloof me, Miranda, ik weet er alles van. Ze bellen alleen als het hun uitkomt. Maar wat moet ik jou daarover nog vertellen? Je had nooit bij dat reisbureau moeten gaan werken, Miranda. Je had talent voor dat verkoopgedoe. Toen je me drie jaar geleden belde met dat mooie aanbod van LeenMeerVoorMinder, en me met je lieve, vertrouwenwekkende stemmetje beloofde dat alles snel beter zou worden als ik die aantrekkelijke lening zou nemen, dacht ik echt dat je het meende. Ik dacht dat jij mijn reddende engel was. Maar dat was je niet. En daarom, Miranda, ben ik nu hier.'

Miranda was nog nooit zo bang geweest. Enkele momenten geleden had ze gedacht dat ze eindelijk haar prins op het wittte paard had gevonden, nu wist ze dat het tegendeel waar was. Ze had haar grootste nachtmerrie binnengelaten in haar appartement. En ze was aan hem overgeleverd.

Twee minuten geleden had hij haar opgetild en naar de badkamer gedragen. Hij had haar voorzichtig in de badkuip laten zakken, alsof hij bang was haar pijn te doen. En toen had hij de kranen opengedraaid. Nu stond hij met een tevreden gezicht toe te kijken hoe het bad zich langzaam vulde. Toen ze begreep wat hij van plan was, voelde ze de aandrang wild om zich heen te gaan schoppen en slaan. Maar haar lichaam wilde niet meewerken. Ze kon niets anders doen dan willoos toezien. Kijkend naar de grijns op Erics gezicht, werd ze zo bang dat ze het liefst haar ogen wilde sluiten. Maar op een of andere manier kon ze zich er niet toe zetten dat te doen. Ze dwong zichzelf naar het almaar stijgende wateroppervlak te blijven kijken, alsof ze door haar blik erop gericht te houden kon voorkomen dat het water haar kin zou bereiken. Haar mond. Haar neusgaten...

Niet aan denken. Zover is het nog niet.

'Weet je wat het treurige is,' zei Eric zonder een spoor van emotie in zijn stem. 'Eerst laten ze jou bellen. Het meisje met de lieve stem die de zielige, in financiële nood verkerende klant over de streep moet trekken. Maar anderhalf jaar later, wanneer je die torenhoge rentes moet gaan betalen waarover het meisje met de lieve stem niets heeft verteld, dan belt er iemand anders. Iemand die je niet laat uitpraten, die je steeds onderbreekt als je uit wilt leggen waarom je nog niet betaald hebt. Iemand die alleen maar praat over "afspraken nakomen" en "niet om de zaken heen draaien". Ik heb naar jou gevraagd, Miranda. Ik heb naar jou gevraagd toen ze me belden. Ik zei dat jij me zeker zou begrijpen, net zoals je mijn problemen begreep toen je me belde met dat mooie aanbod. Maar ze wilden me niet met jou doorverbinden. Ze kénden je niet eens, althans: dat beweerden ze. Het enige wat ze wilden, was mijn geld. Geld dat ik niet had. En dus namen ze me mijn huis af, en – indirect – mijn vrouw. Mijn kinderen. Alles wat ik had. Tegenwoordig slaap ik in een daklozenopvang, Miranda. Mijn mooie pak? Gestolen, speciaal om indruk op je te maken. Bij de daklozenopvang krijg ik zakgeld. Het is niet veel, maar wanneer je spaart, kun je om de zoveel tijd naar een café gaan en net doen alsof alles dik in orde met je is. Hoe dan ook, uiteindelijk is het me gelukt je op te sporen via dat oplichtersbedrijf.'

Miranda wilde haar mond opendoen, ze wilde zeggen wat ze tijdens het eten had gedacht: dat ze wel degelijk medelijden had met de mensen die ze moest bellen. En dat ze toch ook op een of andere manier geld had moeten verdienen in haar studententijd. Maar ze kon niets zeggen, haar lichaam wilde niet meewerken.

Eric keek meewarig op haar neer. 'Ondanks alles heb ik moeite gedaan je te leren kennen. Ik heb dit verdomde pak gestolen om te verhullen dat ik al een jaar op straat en in opvangcentra slaap, ik heb mijn best gedaan over te komen als een goed functionerend en fatsoenlijk mens. Iemand met wie je een afspraakje zou willen maken. Wat Scooby betreft: een hond heb ik natuurlijk niet, maar dat had je waarschijnlijk al begrepen. Ach, het doet er allemaal niet meer toe. Waar het op neerkomt, Miranda: ik wilde je nog een kans geven. Ik wilde erachter komen of je misschien niet wist dat het bedrijf waarvoor je werkte de levens van kansarme mensen nog uitzichtlozer maakt dan ze al zijn. Maar dat wist jij blijkbaar maar al te goed. En het kon je niets schelen. Wat zei je ook alweer? "Alleen idioten trappen daar in." Je hebt niet alleen een lief stemmetje, Miranda. Je bent ook meedogenloos. Je had een succesvolle zakenvrouw kunnen worden, weet je dat? Maar daarvoor is het nu te laat.' Hij schudde mismoedig zijn hoofd.

De wijn.

Het moest de wijn zijn geweest. Hij was naar de keuken gelopen en had hun glazen gevuld. Hij moest er iets in hebben gedaan.

'Heb je die film gezien, *What Lies Beneath*?' vroeg Eric nu.

Dat had ze. Vanaf het moment dat hij haar naar de badkuip had gedragen, kon ze aan niets anders meer denken. Ze zag weer voor zich hoe Harrison Ford de verlamde Michelle Pfeiffer in bad legde, de kranen opendraaide... hoe hij van plan was geweest haar in bad te laten verdrinken. Ze herinnerde zich ook hoe Pfeiffer op miraculeuze wijze aan een wisse verdrinkingsdood ontsnapte.

Maar dat was Hollywood. Dit was Rotterdam-Noord.

'Het spijt me,' zei Eric. 'Je kunt natuurlijk geen antwoord geven. Ik zal er maar van uitgaan dat je de film hebt gezien en dat je begrijpt wat ik met je ga doen. In je wijn zat een kleine dosis vecuronium. Het is een middeltje dat de prikkeloverdracht van de motorische zenuwimpulsen naar de skeletspieren belet. Wat een ingewikkelde termen allemaal, hè? Ik zal je er verder niet mee lastig vallen. Hoe dan ook: dat is de reden waarom je je niet kunt bewegen.' Hij hield zijn hoofd scheef, en keek haar taxerend aan. 'Zonde, je bent zo'n leuke meid om te zien. En dat terwijl ik me had voorgenomen je een uitweg te bieden. Het enige dat je had hoeven zeggen was: "Nou, Eric, ik moet toegeven dat ik me soms best wel schaamde voor mijn werk. Al die arme mensen die ik belazerde, ik vraag me weleens af wat er van ze is geworden." Maar dat zei je niet. Je zei: "Een normaal denkend mens vraagt naar de voorwaarden." En daarmee heb je me beledigd. Ik mag dan lange tijd op straat hebben geleefd, maar ook ik heb een mening over zaken als recht en onrecht. En ik vind dat je me onrechtvaardig hebt behandeld. Drie jaar geleden, en vanavond weer. Je hebt me niet alleen beledigd, maar ook ernstig teleurgesteld, Miranda.'

Ze keek naar hem op. Hij zag er niet beledigd of teleurgesteld uit. Eerder krankzinnig.

Hij keek met een waanzinnige grijns op zijn gezicht op haar neer. 'En denk maar niet dat je het net als mevrouw Pfeiffer zal overleven omdat ik zo dom ben als Harrison Ford en met mijn hoofd op de wastafel val. Dat zit er niet in, beste Miranda. Het leven is nu eenmaal geen film, daar weet ik inmiddels alles van. En? Hoe voelt het om bang te zijn?'

Miranda wilde schreeuwen, maar ze kon het niet. Ze voelde het water nu tegen haar kin kriebelen. Drie minuten, schatte ze, dan zou het haar neusgaten bereiken. Dromen zijn bedrog, schoot het opnieuw door haar heen. Zie je wel... Het liedje verdween weer uit haar gedachten en maakte plaats voor nog meer paniekgevoelens.

De telefoon ging.

Ze zag Eric schrikken. Hij keek op zijn horloge en vervolgens naar Miranda, alsof hij haar wilde vragen wie de beller kon zijn.

Miranda wist het niet. Het deed er niet toe, want ze kon niets uitbrengen.

Eric leek na te denken. En nam een beslissing. Hij beende met grote passen de badkamer uit en sloot de deur achter zich.

Hij gaat de telefoon opnemen, schoot het door Miranda heen. *Misschien was het Suzanne, die onderweg was en straks voor de deur zou staan...*

Hoewel de badkamerdeur dicht was, het water bij haar voeten uit de kraan bleef kletteren en nu haar mond bereikte, hoorde ze duidelijk hoe Eric de beller te woord stond. Voor even maakte haar doodsangst plaats voor hoopgevoelens.

'Hallo?' zei de stem van Eric.

Stilte.

'Nee, u spreek niet met M. van der Korf. Nee, ik ben ook niet meneer van der Korf... Ja, u hebt wel het juiste nummer. Ze heet Miranda, en ik ben haar vriend... Een unieke aanbieding voor Miranda? Echt waar? Ja, natuurlijk wilt u dat haar graag persoonlijk vertellen en liever niet aan mij, maar ik moet u teleurstellen: ze kan niet aan de telefoon komen. Miranda ligt momenteel in bad. Of u later mag terugbellen? Ja, ik kan het u natuurlijk niet verbieden, maar tussen ons gezegd en gezwegen: Miranda houdt niet van verkooptelefoontjes. Ze heeft ooit zelf als telefonisch verkoopster gewerkt en ze bewaart daar nogal slechte herinneringen aan. Ze werkt inmiddels voor een reisbureau, daar kan ze haar ei beter kwijt, als u begrijpt wat ik bedoel. Dus als u het niet erg vindt, ga ik haar niet storen en laat ik haar lekker even liggen. U mag het morgen uiteraard nog eens proberen, maar nogmaals: ik denk niet dat ze u te woord zal staan. Er wordt tegenwoordig zo vaak gebeld – het is een vorm van terrorisme aan het worden – we verdrinken zowat in de unieke aanbiedingen...'

Dank aan: Xander Smit

ESTHER VERHOEF

De perfecte partner

◆

Richard Brügers vaardige handen glijden over mijn bovenbenen en heupen. 'Niet je spieren aanspannen. Ontspan je. Zo, ja.'

Ik zie mezelf staan in de spiegelwand achter zijn bureau. Mensen met een positieve instelling zouden zeggen dat ik een Rubens-figuur heb: voluptueus, rond en vol. Ik ben van nature iets minder positief ingesteld en ik voel me simpelweg te dik. Daar kunnen de klassieke pianomuziek die uit onzichtbare luidsprekers klinkt en het zachte oosterse tapijt onder mijn blote voeten niets aan veranderen.

Richard duwt in het kwabbige vet dat zich heeft opgehoopt ter hoogte van mijn heupen. 'Je huid is prima. Elastisch.' Ondertussen tekent hij er stippellijnen op met een blauwe stift. Hij kijkt er geconcentreerd bij.

'Denk je dat je me kunt helpen?' vraag ik, en erachteraan, zachter: 'Kun je me alsjeblieft helpen?'

Richard komt uit zijn gehurkte positie omhoog, de stift in zijn hand. 'Tuurlijk kan ik dat. Voor minder dan perfectie ga ik niet.'

Dan zakken zijn ogen af naar mijn borsten. Zijn handen voelen de rondingen, en ik hou mijn adem in.

'De vorm is prachtig geworden, Claudia. Perfect.'

Dat is waar. Richards handtekening staat erop. Krap twee maanden geleden maakte hij ze tot wat ze nu zijn. De littekens zijn bijna geheeld, je ziet ze niet als ik sta.

Ik glimlach. 'Jij hebt ze gemaakt.'

'Jij leverde het basismateriaal,' mompelt hij. 'Ik heb ze alleen...'

'Geperfectioneerd,' vul ik aan.

Hij luistert al niet meer. Met gefronste wenkbrauwen volgt hij de littekens die na de incisie zijn achtergebleven. Ik voel me ongemakkelijk worden.

'Je moet beter smeren. Die paarse verkleuringen hadden al weg kunnen zijn.'

'Ik smeer elke dag,' protesteer ik.

'Ik geef je iets sterkers mee.' Abrupt draait hij zich naar zijn bureau en krabbelt iets op een papiertje. 'Geef dit zo meteen aan Jürgen, dan maakt hij het hier voor je klaar.'

Ik zwijg en hou mijn handen onhandig gevouwen voor mijn buik.

'Kleed je maar aan,' zegt hij. 'Je hebt gelijk dat je dit laat doen. De heuplijn zal er enorm op vooruitgaan. Ik zie je morgenvroeg, halfacht.'

Op weg naar huis rij ik langs de supermarkt. Uit het vriesvak gris ik een stoommaaltijd broccoli met zalm. Op de afdeling zuivel kies ik een kleine verpakking yoghurt, en op weg naar de kassa graai ik nog een pak Appelsientje met vruchtvlees en een pakje Earl Grey mee.

Als ik in de rij voor de kassa sta gaat mijn mobiel. 'Claudia?'

'Heb je vanavond wat te doen?'

De stem van mijn zus, Laura. Ze is drieëntwintig, drie jaar jonger dan ik, en ze studeert journalistiek in Tilburg. Laatste jaar.

'Want...?' Ik leg de boodschappen op de band van de snelkassa. Daarachter zit een roodharige vrouw van in de veertig. Ze kijkt me niet aan terwijl ze de producten langs de scanner beweegt.

'Ik wil vanavond naar de film. De nieuwe Johnny Depp gaat in première. Ik vraag me af of je zin hebt om mee te gaan.'

‘Vanavond niet,’ zeg ik.

Teleurstelling klinkt door in haar stem. ‘Morgen dan?’

Ik denk aan de pijn, de zwellingen. Als alles goed verloopt, dan sta ik morgen om vijf uur ’s middags weer buiten, met een knellend pak aan, dat mijn nieuwe lichaamsvormen moet conserveren.

Ik kan onmogelijk mee naar de film. Niet morgen al.

‘Dat gaat niet.’ Ik diep mijn portemonnee op uit mijn tasje. ‘Ik zit de hele week vol... Volgende week dan maar?’

‘Moet je de héle week overwerken?’

Ik neem het wisselgeld aan en graai onhandig, met één hand, mijn spullen bij elkaar. ‘Ja. Helaas wel.’

Ik ga het haar niet uitleggen: ze zeurt nu nog aan mijn hoofd over die borstvergroting, ze vindt het belachelijk. Laura is het type dat haar okselhaar niet scheert en geen bh’s draagt. Een mastodont uit een ander tijdperk. Ze is mijn zus, dat is ons enige raakvlak.

‘We hebben een nieuwe klant,’ zeg ik snel, ‘een verzekeringskantoor. Arnold heeft maandag vijfentwintigduizend mailings uit laten gaan, en vrijwel iedereen lijkt erop te reageren. Ik heb drie extra mensen moeten inhuren, en nog zitten we elke avond tot tien uur te bellen en te plannen.'

Het is niet helemaal gelogen. Dit is echt gebeurd, maar dan eerder dit jaar. Het leverde tweehonderd nieuwe contracten op voor de nieuwe verzekeringsmaatschappij, en vooral enorm veel overuren die ik vet kon declareren.

'Oké, jammer,' hoor ik Laura zeggen als ik mijn boodschappen in een klein doosje doe.

Schuldgevoel knaagt. 'Zullen we volgende week dan ergens gaan eten, bij die Japanner op de markt? Vrijdag?'

'Vrijdag is goed.'

◆

Ik lag op een gelmatras in de operatiekamer, hij voelde warm en voegde zich naar mijn lichaam. Ik kon mijn ogen niet van Richard afhouden. Een groen monddoekje bedekte de onderzijde van zijn gezicht en zijn blonde haar zat onder een hoofddoek met een soort piratenprint verstopt. De vorige keer had hij een rood hoofddoekje om. Hij heeft er tientallen.

Richard knipoogde me geruststellend toe terwijl Ben Hogendoorn, de anesthesist, begon af te tellen.

Ik glimlachte nerveus terug. Dat was het laatste wat ik zag: Richards knipoog.

Ben kneep me in mijn arm en weg was ik.

Zonlicht speelt over de lakens en de muren met bloemenschilderijen. Het beddengoed ruikt naar lavendel en is sneeuwwit. Het is alsof ik uit een winterslaap ontwaak en ik wil me uitrekken, maar ik besef tegelijkertijd dat ik dat misschien nu beter niet kan doen.

Ik voel me fantastisch, opgewekt. Voorzichtig til ik de lakens op en kijk naar het zwarte pak dat strak mijn nieuwe heupen omsluit. Er valt nog weinig van te zeggen, maar ik weet dat het goed is gedaan.

Het volgende moment staat Richard Brüger aan het voeteneind. Ik heb hem niet horen binnenkomen.

'Je voelt je goed?'

'Heerlijk.'

Hij knikt tevreden. 'Het is goed gegaan. We hebben anderhalve liter verwijderd.'

Richard draagt geen operatiekleding meer, maar een blauw kostuum, met een lichtroze overhemd. Een stropdas ontbreekt en de geopende boord toont een gebruinde, gladde huid.

Het is geen wonder, denk ik, nog groggy van de verdoving, dat deze man het zo goed doet op televisie. Richard heeft een wekelijks programma waarin hij bekende en onbekende mensen mooier maakt, en fouten van minder begaafde plastisch chirurgen herstelt. Het televisieprogramma, Richards rustige, warme stem en zijn op z'n zachtst gezegd adembenemende uiterlijk plus zijn vaardigheden hebben hem tot de beroemdste plastisch chirurg van Nederland gemaakt.

Door het televisieprogramma ben ik bij Richard Brüger terechtgekomen.

'Wat mij betreft mag je over twee uur naar huis,' zegt hij. 'Ik zal iemand laten bellen.'

'Hoeft niet. Ik neem de bus.'

Hij kijkt me aan alsof ik een verkeerd antwoord heb gegeven op een simpele vraag. 'Geen sprake van. Mijn patiënten gaan vlak na een behandeling niet alleen naar huis.'

'De vorige keer was het geen probleem.'

'Toen hebben we je een paar dagen hier gehouden. Wie kan ik voor je bellen? Familie, een vriendin?'

Ik schud mijn hoofd.

Zijn uitdrukking verandert in een scherpe, doordringende blik die elektrische lading in zich lijkt te herbergen. Hij zwijgt secondelang en zegt dan: 'Je hebt geen vrienden en geen familie?'

'Eén zus.'

'En die wil je niet komen halen?'

Ik haal mijn schouders op en kijk somber voor me uit.

Hij trekt de mouw van zijn colbert omhoog en kijkt langdurig op zijn horloge. Ik zie aan zijn gezicht dat hij nadenkt. 'Je woont in Breda, toch?'

'Ja.'

'Dan breng ik je. Ik moet zo nog naar Antwerpen, dus kom ik er langs.'

Richard stuurt de auto, die waarschijnlijk evenveel kost als mijn appartement, door het drukke stadsverkeer. Het is een warme dag, minstens tweeëntwintig graden, en de terrasjes zitten vol. Ik zou enorm van de rit hebben genoten, van deze voorkeursbehandeling, als de pijn niet op was komen zetten. Mijn heupen branden gewoon. Ik zeg er niets van. Ik wil het moment niet verpesten.

'Hier links,' zeg ik. 'Bij het tweede blok, daar rechts kun je parkeren.'

Voor ik kan uitstappen staat Richard naast me en hij houdt het portier voor me open. Hij geeft me een hand en helpt me omhoog.

'Dank je.' Ik wil weglopen, maar hij houdt me tegen.

'Wacht even.'

Een moment blijf ik staan. Bij elke andere man had ik begrepen wat hij bedoelde, met die blik, die lichaamshouding.

Niet bij Richard Brüger.

'Ik wil je meenemen naar Berlijn,' zegt hij. 'Een weekendje. Zodra die beurse plekken weg zijn.'

'Naar Berlijn?' kopieer ik en ik merk dat ik begin te blozen. Ineens voel ik me dom en provinciaals.

Hij kijkt naar me als een vader die zijn kind haar eerste pasjes ziet maken. Langzaam krullen zijn mondhoeken omhoog. 'Hou het derde weekend van augustus vrij.'

◆

De tweede week van augustus had ik nog steeds niets gehoord van Richard Brüger. Ik had hem ook niet meer gezien: de controles werden uitgevoerd door zijn assistent. Meer dan eens had ik op het punt gestaan naar de kliniek te bellen, om te zeggen dat ik zijn aanbod niet aan kon nemen. Maar steeds als ik de telefoon pakte, bleven mijn vingers onwillig boven de toetsen zweven. Ik kón het gewoonweg niet, want ik wilde het te graag.

En tegelijkertijd bekroop me een onheilspellend gevoel: ik was bang dat ik het mezelf alleen maar had ingebeeld dat hij me een weekend mee wilde nemen, en ik me enorm voor schut zou zetten als alles op een misverstand bleek te berusten. Het zou niet de eerste keer zijn dat me dat overkwam. Met die schaamte zou ik niet kunnen leven. Niet met Richard.

Dus uiteindelijk belde ik niet.

Waterdamp kringelt de hotelkamer in. Door de douchedeur zie ik Richards contouren.

'Wat eten?' hoor ik hem roepen.

'Wat jij wilt.'

'Bestel maar iets.'

Ik neem de menukaart van het nachtkastje en bel naar de receptie voor twee salades met mozzarella en een fles wijn. Alsof ik het elke dag doe. Alsof ik gewend ben in hotels te overnachten, met tapijten zo dik en zacht dat mijn tenen erin verdwijnen.

Honger heb ik niet. Ik ben te opgewonden.

Gistermiddag zette Richard zijn BMW in de ondergrondse parkeergarage van dit hotel, een halfuur later kwamen we hier en daar zijn we nu nog steeds. De dubbele gordijnen zijn niet open geweest. Ik heb geen idee wat voor weer het is en het interesseert me nog minder.

Ik laat mijn handen over mijn borsten en heupen dwalen. Mijn nieuwe lichaam bevalt uitstekend. En het bevalt niet alleen mij. Ik wil me niet eens meer afvragen waarom mij dit overkomt. Waarom hij juist mij heeft uitgekozen.

Richard komt terug in bed, een witte handdoek om zijn onderlichaam geslagen. Een nog vochtig lichaam leunt tegen me aan. Hij kijkt glimlachend naar me, bestudeert mijn gezicht langdurig. Zijn vingers betasten mijn wenkbrauwen, hij trekt ze lichtjes omhoog.

Plotseling verhardt zijn gezichtsuitdrukking. Op slag voel ik me naakter dan ik al ben. Alsof ik geen huid meer heb om me te beschermen, me achter te verstoppen, maar in zijn ogen alleen nog besta uit verkeerd aangelegde spieren, scheefgegroeide botten en haperende peesaansluitingen.

Fouten.

'Is er iets?' vraag ik.

'Als we terug zijn, wil ik je oogleden doen.'

'Oogleden?'

De chirurg in hem verdwijnt. Hij zendt me een verpletterende glimlach toe en kust me op mijn wang. 'Ze gaan wat hangen. Dat is wel een beetje vroeg.'

Ik staar voor me uit en zeg niets.

◆

Mijn ogen zijn bont en blauw. Ik zie eruit als zo'n anoniem lijk dat al een week in het water ligt, zo een dat ze tonen bij *Opsporing Verzocht*. Dunne draadjes steken uit mijn huid en prikken steeds als ik mijn ogen open.

Harry, mijn baas, heeft me net gebeld en hij is boos. Ik neem te veel vrije dagen op, vindt hij. Het is hartstikke druk en iedereen moet overwerken omdat ik er niet ben. 'Als dit zo doorgaat,' zei hij, 'dan moeten we eens goed praten samen. Dit kan echt niet, Claudia. Het ging net zo goed.'

Ik heb hem beloofd volgende week weer te komen werken, maar drukte hem op het hart dat ik nu echt ziek ben. Hij geloofde me niet.

Maar ik kan me zo echt niet vertonen. Borsten en heupen kun je nog maskeren, maar een zonnebril dragen op kantoor wekt op zijn minst argwaan. En het doet gewoonweg zeer. Ik ben er nu pas achter hoe vaak je op een dag met je ogen knippert. Tienduizenden keren.

Ik staar in de spiegel in mijn badkamertje, draai

mijn gezicht een beetje. Het is een groot verschil. Vreemd hoe een reepje huid je expressie zo ingrijpend kan veranderen. Niet alleen heeft Richard mijn oogleden gelift, hij heeft de buitenste ooghoeken iets hoger getrokken, zodat mijn ogen nu amandelvormig zijn.

Ik herken mezelf nog nauwelijks.

Benson, mijn langharige zwarte kater, ligt spinnend op mijn schoot. Zijn nagels bewegen ritmisch in en uit de nagelhoesjes en ik voel het diepe ronken van zijn lijf door mijn benen trekken. Op RTL5 doet Richard een borstverkleining en -lift bij een huisvrouw met vier kinderen. Van een trieste, hangende cup F transformeert hij ze naar een stevige C. Ze huilt van geluk en vliegt Richard om zijn hals. Hij laat het een beetje gegeneerd over zich heen komen, zie ik. Bij een niet zo populaire presentatrice doet hij een neuscorrectie en een kinimplantaat. Het resultaat is geweldig en het zal haar beslist helpen om beter bekeken programma's te mogen presenteren. Ten slotte wordt het gefröbel van een niet gecertificeerde Poolse chirurg gladgetrokken.

Ik zie Richard op het scherm bezig, de ene keer draagt hij een gele hoofddoek, dan een geruite. Bij de laatste draagt hij de rode die hij bij de operatie van mijn borsten droeg.

Al is het alleen maar op televisie, toch is het fijn hem even te kunnen zien.

Pas over twee weken hebben we weer afgesproken. Dat kan ik begrijpen. Hij is een perfectionist. Mijn gezicht, met die helende wonden, moet gewoonweg zeer doen aan zijn ogen.

Het geluid van de telefoon snerpt door mijn hoofd. Ik schrik wakker, schiet overeind en het duurt een paar seconden tot het tot me doordringt dat ik op de bank in slaap ben gevallen. Op televisie is Robert Jensen iemand aan het beledigen.

Ik duw Benson van mijn schoot en neem op.

'Claudia? Met Laura. Goed dat je thuis bent. Hoe is het met je?'

'Prima,' lieg ik.

'Wat klink je down.'

'Ik lag te slapen.'

'Vind je het goed als ik morgen langskom? Met René en een vriend van hem?'

Een regelrechte koppelpoging. De zoveelste. René is Laura's vriend en ik heb al een hele rits van zijn bedenkelijke kroegmaten in mijn appartement moeten ontvangen. De een nog jonger dan de ander, ongemanierd, onverzorgd. Ze kunnen nog niet in de schaduw staan van Richard.

'Ik moet morgen werken,' antwoord ik.

'Daar trap ik niet meer in. Zorg maar dat je er bent. We zijn er rond zevenen.'

Paniek. Ik wil niet dat ze me zo ziet, met die blauwe plekken, mijn ogen die wel dichtgestompt lijken. 'Dan sta je voor een gesloten deur, Laura. Waar gaat dit over?'

'Dat weet je goed.' Stilte.

Laura is overbezorgd en ik kan het haar niet kwalijk nemen. Door de behandelingen van de afgelopen tijd, het weekend in Berlijn en nog een afspraakje met Richard dat daarop volgde heb ik te vaak af moeten bellen, of me niet thuis gehouden. Natuurlijk reageert ze daar ongerust op. Twee jaar geleden ging het niet helemaal goed met me, en ze is bang dat ik weer terugval. Deze keer hoeft ze niet bang te zijn. Het gaat nu prima. In feite is het nog nooit zo goed gegaan als nu.

Maar ik kan het haar niet vertellen.

Laura is een aanstormend journalistiek talent met haast. Ze bijt zich vast in haar onderwerpen als een pitbull met rabiës en ze zal mijn nieuwtje dus echt niet voor zich houden. Want het is ethisch niet oké wat Richard doet. Ik kan het allemaal wel romantiseren, maar plat gezegd neukt hij een van zijn patiënten. Dat kan hem in de problemen brengen. Herstel: dat zál hem in de problemen brengen.

Dat is het laatste wat ik wil.

Ik moet iets verzinnen. 'Zaterdag,' zeg ik snel. 'Zullen we volgende week zaterdag naar Amsterdam gaan, of naar Antwerpen? Winkelen? Zonder mannen?'

'Het is echt een leuke vent, Clau. Michel heet-ie.'

'Ik wil even geen relatie, Laura.'

'Wie heeft het over een relatie?'

Ik zucht. 'Ik heb iemand ontmoet.'

'Echt? Gaaf! Wie?'

'Iemand van kantoor.'

'Neem hem mee, zaterdag.'

'Nog niet. Hij... Nou ja, het is nog te vroeg.'

'Hij is getrouwd,' klinkt het, afkeurend.

'Nee,' hoor ik mezelf liegen. 'Verdorie, hoe kom je daar nu bij? Ik wil het gewoon rustig aan doen, da's alles.'

'En mij erbuiten houden. Claudia, ik...'

Ik verhef mijn stem: 'Hou nou verdomme eens een keer op met mijn leven te willen regelen. Het gaat goed met me, oké? Het gaat príma zelfs.'

Mijn ogen tranen terwijl ik die laatste woorden uitspreek. De hechtingen trekken vreselijk en ze prikken als naalden in mijn huid.

◆

Het is verschrikkelijk hectisch op kantoor. In mijn afwezigheid hebben mijn collega's niet de moeite genomen om vragen van klanten te beantwoorden. Ze hebben ze gewoonweg opgeschreven of uitgeprint en op mijn bureau gelegd. Tijd om ze af te handelen ontbreekt: er staan drie mensen in de wacht en er lijkt geen eind te komen aan de stroom telefoontjes.

Harry staat ineens achter me en knijpt me in mijn schouder. 'Ik ben blij dat je er weer bent, Claud.'

Ik knik afwezig en druk op een paar knoppen. 'Heeft u nog één momentje, alstublieft? Ik ben voor u aan het zoeken.'

'Je ziet er goed uit,' hoor ik Harry achter me zeggen. 'Andere kleur haar? Blond staat je goed.'

'Dank je,' reageer ik afwezig. 'Eh, mevrouw? Bedankt voor het wachten. Kunt u me nog één keer uw polisnummer geven?'

Over de computers heen trekt Jessy mijn aandacht. Ze zwaait heftig heen en weer met haar arm. 'Lijn vier,' mimet ze, en ze steekt vier vingers op voor het geval ik niet kan liplezen.

Achter lijn vier knippert een lampje. 'Heeft u nog één momentje?' vraag ik, en ik duw nummer vier in.

'Schoonheid. Hoe is het met je?'

Ik begin te blozen en kijk snel over mijn schouder. Harry staat bij de koffieautomaat. 'Prima.' Op mijn paneel knipperen nu vijf lampjes.

'Ik heb aan je gedacht, vandaag.'

'Ik ook aan jou.'

Het windt me op Richards stem te horen, hier op kantoor, te midden van mijn collega's. Onwillekeurig leg ik een hand op mijn borst.

'Ik heb een verrassing voor je. Morgenavond om acht uur klaarstaan.'

'Dat gaat niet,' flap ik eruit.

Dit kan ik echt niet maken. Hoe graag ik Richard ook wil zien: Harry stuurt me naar huis, voor altijd, als ik er morgen voor tienen tussenuit knijp. Dan verlies ik mijn baan.

'Natuurlijk gaat dat wel.'

Het lampje van nummer 4 dooft. Richard heeft de verbinding verbroken.

De volgende dag sta ik al om halfacht bloednerveus uit het raam te kijken. Ik draag een zwart, nauwsluitend jurkje met een diep decolleté. Mijn haar is vanmiddag geföhnd en ik ben langer dan een uur bezig geweest met het aanbrengen van make-up. Steeds bleef ik maar voor de spiegel draaien. Begon mijn taille niet toch uit te dijen? Ik duwde met mijn vingertoppen tegen mijn wangen, trok de huid richting mijn oren. Het contrast tussen mijn nieuwe oogopslag en de slappere huid op mijn wangen werd te zichtbaar. Een beginnende puist kon ik wegwerken met een camouflagestift, maar dat laagje blijft niet eeuwig zitten.

Klokslag twee voor acht stopt Richards glanzende BMW op de parkeerplaats beneden. Ik gris mijn tas van de keukentafel, geef Benson een snelle aai en spurt naar buiten. In de lift kijk ik nog eens naar mijn spiegelbeeld. De tl-verlichting is onbarmhartig en maakt mijn huid grauw. De moed zinkt in mijn schoenen. Ik voel me opgejaagd, zoals Assepoester op het bal om vijf minuten voor twaalf. Na een laatste blik in de spiegel loop ik naar buiten.

Richard loopt me tegemoet. Hij draagt een smoking en weer valt me op dat zijn veertig jaren hem nergens aan te zien zijn. Keurend bekijkt hij mijn gezicht, strijkt met zijn duim zacht langs mijn ooghoeken en trekt traag zijn mondhoek op. 'Je bent er helemaal klaar voor, zie ik.'

'Wat gaan we doen?'

'Dat zie je zo wel.'

◆

Laura zit tegenover me in een nieuw, Japans restaurant. René is naar het toilet en het wachten is nog op zijn vriend – mijn blind date: Jeroen. Student psychologie, volgens Laura lang en razend intelligent.

Wat mij betreft blijkt hij in elk geval niet intelligent genoeg te zijn om klok te kijken en de stand van de wijzers en hun samenhang te interpreteren, want hij is ruim twintig minuten te laat.

'Draaf je nu niet een beetje door met die nieuwe manie van je? Je begint te lijken op dat enge mens uit Amerika, die... hoe heet ze, Catwoman.'

Ik haal mijn schouders op en neem een slok wijn. 'Mijn nieuwe vriend vindt het mooi. En ik ook, trouwens.'

Laura legt haar handen op de mijne en kijkt me bezorgd aan. 'Je hébt geen nieuwe vriend, Claudia. Je verzint het gewoon. Ik ga me steeds meer zorgen over je maken. Hoe betaal je dit allemaal eigenlijk?'

Ik haal een keer diep adem, tel tot tien en kijk geërgerd naar buiten. Water glijdt als een vitrage van de zwart met rode luifel van het restaurant. Het klettert op de promenade.

Ik heb het opgegeven. Een typisch psychologisch verschijnsel van mensen die zelf tot over hun oren in de problemen zitten, is dat ze die van anderen tot enorme proporties uitvergroten zodat die van henzelf minder belangrijk lijken. Laura heeft het zich in haar hoofd gezet dat ik een probleem heb.

Ik krijg steeds meer zin om het haar te vertellen. Alles. Berlijn, de mini-facelift waar Richard me de laatste keer dat hij me kwam ophalen, mee verraste, de prachtige avondjurk die hij voor me had gekocht en die tot op de millimeter nauwkeurig paste. Over mijn schaamlipverkleining zwijg ik liever. Maar ik zou haar vooral alles willen vertellen over hoe opgewonden ik me voel als hij bij me is, hoe geweldig we het hebben, hoe spannend het allemaal is. Naast hem verbleekt iedereen. Ik heb weer zin in het leven, en dat is wel eens anders geweest.

Gisteren las ik bij de kapper een verhaal over Richard: Richard Brüger was een van de zeldzame televisiepersoonlijkheden die nooit werd gesignaleerd met andere vrouwen dan zijn eigen vrouw, en dus was de conclusie van een niet zo getalenteerde broodschrijver dat hij monogaam was. Het leverde hem de vierde plaats op in de Brave Huisvader Top Tien.

Ze moesten eens weten. Inwendig glimlach ik.

'Hoe betaal je het?' dringt Laura aan. 'Het moet

een fortuin kosten wat je allemaal hebt laten doen.'

'Mijn vriend betaalt het.'

Ze leunt achterover in haar stoel en zucht diep. 'Neem die vriend van je dan eens mee, als hij bestaat.' Weer dat toontje.

Ik kijk naar haar. Naar haar slobbertrui, wetende dat het kroeshaar welig tiert daar waar het maar wil groeien. Naar haar argwanende blik, die grauwe huid die ze heeft van het vele roken. Ze heeft zich altijd superieur gevoeld ten opzichte van mij. Altijd.

En ineens ben ik het beu.

Ik wil hier niet zijn. Niet bij haar, niet bij haar morsige vriendje René, die zich nu stoned en aangeschoten bij ons aan tafel voegt, en niet bij Jeroen, die net binnenkomt en de indruk wekt van een twee meter lange persiflage op Mister Bean. Mijn god, wat is hij lelijk. Daar zou zelfs Richard een vijfjarenplan voor moeten opstellen.

'Ik ben ervandoor.' Zonder om te kijken loop ik naar buiten.

◆

Het bos om ons heen is donker. De BMW staat geparkeerd aan het einde van een zandpad.

'Ik wil het niet hebben, Claudia. Nog niet.'

'Waarom niet? Mijn zus denkt dat je niet bestaat. En het is ook een beetje vreemd, natuurlijk... Ik bedoel... Je wil toch scheiden?'

Richard kijkt me indringend aan. 'Ik zei nee. Versta je verdomme geen Nederlands?'

Ik wijk terug en in mijn schoot grijpen mijn handen in elkaar.

'Heb je enig idee hoeveel druk er op me wordt uitgeoefend?' gaat hij verder. 'Hoe iedereen over mijn schouder meekijkt naar elke beweging die ik maak, elke dag weer?'

Ik sluit een moment mijn ogen. 'Sorry,' zeg ik zacht, maar ik begrijp niet waarom ik dat zeg. Zijn argumenten zijn geen van alle steekhoudend.

Richard buigt zich voorover. Zijn blauwe ogen glijden onderzoekend over mijn gezicht. 'Dit is ons geheim. Van ons. Maak het niet kapot.' Hij grijpt mijn kin vast en zegt, net iets te hard: 'Als je dit naar buiten brengt, ontken ik alles. Geloof me dat ik dat doe. Dan is het voorbij. En neem maar van me aan dat ze mij geloven, Clau. Niet jou. Ze geloven mij.'

Ik wil iets tegenwerpen, zeggen dat het nergens op slaat, dat dit soort dingen toch niet geheim blijven, ook al blijven onze ontmoetingen beperkt tot verlaten plaatsen, de kliniek na sluitingstijd en hotels in het buitenland. Maar ik zeg niets. Ik begrijp zijn probleem niet. Als het een eenmalige wip was geweest, had ik hem kunnen volgen. Dan was het een soort vertrouwensmisbruik geweest, een arts die het doet met een patiënt is net zoiets als een leraar die het doet met zijn leerlinge. Ethisch volstrekt onacceptabel.

Maar we hebben nu vier maanden een relatie en we zien elkaar vrijwel wekelijks. Volgens eigen zeggen heeft hij niet zoveel meer met zijn vrouw en wil hij van haar af. Daar komt bij dat Laura's zorg over mijn geestelijke gezondheid stalkachtige vormen heeft aangenomen, en ik niet kan wachten om de verbijstering op haar gezicht te zien als ik Richard aan haar voorstel.

Richard haalt zijn handen van mijn gezicht. 'Doe je jurk uit.'

Ik kijk om me heen. De duisternis is volledig. Hoog boven ons steken kalende, gitzwarte takken af tegen een donkerblauwe hemel. Ze wiegen zacht in de wind. 'Hier?' hoor ik mezelf piepen.

Het zwakke schijnsel van het dashboard verlicht zijn ogen op een vreemde manier. Het is of ze opgloeien. 'Ja. Hier. Trek alles uit. Alles.'

◆

Tussen de reclamefolders en de mailing van Yves Rocher herken ik het lichtgroene dikke papier uit duizenden. Ik trek de envelop ertussenuit terwijl ik de voordeur openduw met mijn schouder.

Benson heeft een plant van de vensterbank geduwd. De vloer is bezaaid met potaarde. Ik leg de post en het tasje met boodschappen op het keukenblad en zoek een blik en veger. Benson draait rondjes om mijn benen en miauwt klaaglijk.

'Je bent een loeder, Benson, waarom doe je dat nou? Je krijgt zo eten.'

Pas als ik alles heb opgeruimd, Bensons bakje heb gevuld en me met thee op de bank voor de tv heb geïnstalleerd, maak ik met trillende vingers de envelop open.

Weer een rekening van de kliniek. Zeshonderd euro.

Mijn vingertoppen glijden over mijn lippen. Die zijn dik en gevoelloos. Richard heeft ze eergisteren opgevuld. Het is lastig wat te drinken, zelfs praten voelt nu anders. Net alsof je bij de tandarts bent geweest en nog een beetje verdoofd bent. Dat gevoel trekt weg, zei Richard. En dan heb ik dezelfde lippen als Angelina Jolie, want mijn basis is goed.

◆

'Er moet een miscommunicatie zijn.' Richard kijkt me serieus aan over het bistrotafeltje. Kaarslicht flakkert tussen ons in. We zijn in Lille, Noord-Frankrijk, waar Richard een congres heeft.

'Het is een aanmaning, Richard. Ik moet binnen tien dagen betalen, en dat kan ik gewoonweg niet. Het is niet de eerste, de rekening voor de oogcorrec–'

'Je hoeft niets te betalen.'

Hij kijkt op zijn horloge en strijkt achteloos langs zijn stropdas. 'Het is nu nog te laat om ze te bellen. Help me er morgen aan herinneren. Maak je geen zorgen.' Hij prikt een stukje vis aan zijn vork en steekt het me toe. 'Eet wat. Je begint mager te worden.'

Ik schrik. *Mager*, is dat fout?

Hij glimlacht. 'Het viel me vorige week al op. Ik denk niet dat je goed eet. Je ribben...' Hij steekt zijn hand uit over het tafeltje en duwt zijn vingertoppen in mijn onderste ribben.

Ik wijk terug.

'Ze zijn te zichtbaar in deze jurk. Ook zonder jurk. Niet mooi. Het stoort.' Hij neemt een hap van zijn eten en kijkt van me weg. Dan kijkt hij me weer aan. 'Ik kan ze weghalen.'

'Wat weghalen?'

'Je onderste ribben. Ga eens rechter zitten.'

Onthutst hou ik mijn armen een beetje van mijn lichaam.

Hij houdt zijn hoofd scheef en scant langdurig mijn lichaam af. Zijn duimen glijden over de dunne stof van de jurk en duwen langs mijn ribben. Weer ben ik een verzameling botten, pezen en spieren. Een zak vol imperfecties.

'Ja,' zegt hij. 'Dat ga ik doen. De onderste twee.' Dan grijpen zijn handen mijn gezicht vast en kust hij me op mijn mond. Ik proef de wijn op zijn lippen. 'Je wordt er alleen maar mooier van, lieverd.'

Mijn mond wordt op slag droog en ik graai nerveus in het servet dat op mijn schoot ligt. 'Ik... Ik ga even naar het toilet.'

Verontschuldigingen mompelend loop ik door de krappe gangpaden naar de wc achter in de bistro. In het toilet sluit ik de deur achter me en blijf even zo staan. Mijn hart bonkt achter mijn ribben. Als ik opkijk zie ik mijn verschrikte spiegelbeeld. Ik lijk op een hert, gevangen in het licht van koplampen.

Eigenlijk had ik geen ooglidlift nodig. Ik geloof echt niet dat ik die nodig had. Die lipo, ja, die wel, de borstvergroting ook. Maar de rest?

Ik slik en blijf naar mezelf staren. Amandelvormige ogen, die strakke huid over mijn jukbeenderen, dikke lippen die wel van rubber lijken en bedekt zijn met glanzende lippenstift.

Dit is niet meer oké. Dit voelt helemaal niet goed.

Ik wil mijn ribben niet kwijt.

Met trillende vingers doe ik de toiletdeur open en loop terug het restaurant in.

◆

Het is stil en donker in de kliniek. Richard heeft zijn auto achter het pand geparkeerd, uit het zicht, en we slopen zojuist via de achteringang naar binnen. Als twee dieven in de nacht liepen we de trap op, naar boven, naar zijn kantoor, waar hij het licht aandeed en we op een enorme bank met een oosters dessin de liefde bedreven.

'Ik wil het niet, Richard.'

Richard ligt naast me, zijn overhemd nog aan. Zijn kleren – onze kleren – liggen verspreid over de vloer.

'Wat wil je niet?'

'Mijn ribben. Ik vind het echt niet nodig.'

Hij staat op en grist zijn kleding bij elkaar. 'Niet nodig?'

'Ik ben...' Onzekerheid speelt op als ik zie hoe hij naar me kijkt. Toch weet ik uit te brengen: 'Ik vind het prima zo, eigenlijk.'

Richard torent hoog boven me uit. 'Prima zo.' Het cynisme druipt ervan af.

'Ja.' Mijn stem klinkt een paar octaven hoger.

Voorzichtig kom ik omhoog en zoek de vloer af naar mijn kleren.

Ineens sluit zijn hand om mijn haar. Hij duwt me hardhandig terug in de bank en plant een knie in mijn buik. 'Prima zo? Prima zo?' Zijn ogen lijken elektrisch geladen en hij hijgt.

'Je doet me zeer,' piep ik. 'Laat me...' Angst golft door me heen en beneemt me mijn adem.

Richard brengt zijn gezicht heel dichtbij. Zijn stem klinkt zacht, maar onmiskenbaar dreigend: 'Het interesseert me niet wat jij denkt, wat weet je ervan? Wat weet jij van schoonheid, van absolute perfectie? Ik zag je mijn behandelkamer inlopen, te vet, asymmetrisch, als een goed bedoeld amateuristisch schilderij... Je wist zelf niet eens wat er aan je mankeerde, je hebt de capaciteit niet dat te zien. Ik zag het wel...' Even zwijgt hij, zijn ogen boren zich in me en hij hijgt zwaar in mijn gezicht. 'Ik heb je *gemaakt*, Claudia. *Gemaakt*!'

Zijn knie drukt hard in mijn maag en ik voel gal omhoogkomen.

Zonder waarschuwing trekt hij zijn knie weg, maar opgelucht ademhalen kan ik niet. Zijn handen, die prachtige lange, fijne chirurgenhanden van hem, hebben zich als metalen haken in mijn haar vastgezet. Hij sleurt me naar de spiegelwand achter zijn bureau. Met de grootste moeite probeer ik op de been te blijven, maar mijn knieën slepen over het tapijt. Mijn handen grijpen in het luchtledige voor me. Kreten blijven gesmoord in mijn keel die volledig is afgesloten alsof er een stalen band omheen knelt.

Hij duwt me bijna met mijn gezicht in de spiegel, het koude glas drukt hard tegen mijn jukbeen. 'Kijk!' sist hij. 'Kijk goed naar wat je bent geworden. *Perfect*! Ik heb je *gemaakt*. Verdomme.'

Ik sla mijn ogen neer. Tranen branden, ik zak op mijn knieën.

Richard laat mijn haar los en gaat achter me staan.

Rillend blijf ik zitten, niet in staat om iets te doen. Ik moet hier weg zien te komen, fluistert een paniekerig stemmetje uit mijn binnenste me in, weg uit zijn kantoor, de kliniek. Maar ik ben bijna verlamd van angst. Als ik mijn hoofd schokkerig naar hem omdraai, zie ik dat hij een scalpel vast heeft. Zijn gezicht is verwrongen tot een waanzinnige grijns en zijn ogen... *Die ogen.* Het is de oogopslag van een krankzinnige. Hypnotiserend, ze branden dwars door me heen en houden me op mijn plaats. De lucht om me heen wordt ijl en de omgeving, het bureau, alles vervaagt tot een onsamenhangend geheel als in een niemandsland tussen droom en slaap, tussen realiteit en waan.

Het volgende moment snijdt het vlijmscherpe mes over mijn gezicht. Ik voel alleen een luchtverplaatsing en een gevoel alsof iemand een nagel over mijn gezicht trekt.

Dan volgt het bloed, enorm veel bloed.

Het gutst uit de snee die langs mijn slaap over mijn wang is getrokken en kleurt mijn gezicht en hals helderrood.

◆

Trillend zit ik in de badkamer. De kraan drupt, monotoon en onophoudelijk. Het getik in de spoelbak klinkt als een klok die trage seconden wegtikt.

Benson krabt aan de deur en miauwt. Hij heeft honger. Zijn stem klinkt klaaglijk en zijn gekrab wordt steeds fanatieker.

De telefoon gaat. Het indringende gerinkel snerpt door mijn flat.

Ik reageer niet. Ik reageer helemaal nergens op. Ik voel me volledig verdoofd.

Uren later word ik wakker op de badkamervloer. Ik weet dat het ochtend is geworden, omdat daglicht door het glas in de deur van de badkamer naar binnen stroomt. Voorzichtig, nog onvast, sta ik op en wankel naar de wastafel om de kraan dicht te draaien. Het druppen houdt op.

Alle spieren doen zeer van de oncomfortabele slaap op de tegelvloer en de snijwonden branden in mijn gezwollen huid. Ik zet mijn handen op de rand van de wastafel en staar naar het putje, nog steeds verdoofd, alsof ik er zelf niet bij ben. Mijn ogen zijn dik, merk ik. Ik masseer voorzichtig mijn oogleden. In de spiegel durf ik niet te kijken.

Ik kan het nog niet aan.

Benson zeurt om eten. Ik open de badkamerdeur en blij loopt hij naar binnen, streelt mijn benen met opgeheven staart. Als geprogrammeerd ga ik naar de keuken om brokjes in zijn bakje te doen en ik zie dat zijn waterbakje ook leeg is. Ik haal een pak sinaasappelsap uit de koelkast en zet het aan mijn lippen. Het zure vocht brandt in mijn mond en omdat mijn lippen nog steeds gevoelloos zijn loopt er een straaltje via mijn mondhoek naar buiten.

Ik hoest en neem nog wat slokken water uit de kraan. Daarna draai ik me om, loop naar de slaapkamer en bekijk mezelf in de manshoge passpiegel.

Ik kijk naar de krassen op mijn gezicht en op mijn onderarmen. Het bloed is gestold, roodbruin, en aan weerszijden van de kaarsrechte incisies tekenen zich paarse zwellingen af. Mijn vingertoppen beroeren zacht de helende wonden. De sneden zijn niet diep. Ze hoeven niet gehecht, ze zullen vanzelf helen. Maar ze zullen zichtbaar blijven, voor altijd, evenals de littekens van de operaties en de littekens die ik al eerder heb opgedaan. Ik kan me niet meer herinneren wanneer dat is geweest. Misschien wil ik het me niet herinneren. Heb ik het afgesloten. Weggestopt.

Alle mogelijkheden om nog helder te denken zijn afgedekt door een volledig doof, surrealistisch gevoel.

◆

Ik zit in een witte ruimte, vijf bij vijf meter. Mijn enkels zijn met boeien aan de poten van mijn stoel vastgemaakt, mijn armen achter mijn rug gebonden met handboeien.

Schuin voor me zit Laura. Mijn zus draagt een

gebreide paarse trui en ze heeft haar benen over elkaar geslagen. Ze wiebelt continu met haar voet op en neer. Naast haar zit een man met droeve, diepliggende ogen in een vlezig gezicht en donker haar dat over zijn kalende schedel is gekamd. Hij is krap een kwartier geleden binnengekomen en heeft zich voorgesteld, maar ik ben zijn naam alweer vergeten. In elk geval is hij rechercheur.

Links van hen zit een man in een witte jas, hooguit dertig en niet veel groter dan ikzelf ben, met een academische blik in zijn kleine, dicht bij elkaar staande ogen. Hij lijkt nog het rustigste van allemaal. 'Dus je zegt dat de schoonheidsoperaties op verzoek van Richard Brüger hebben plaatsgevonden. Op zijn initiatief? En hij betaalde ze?'

Ik knik. 'Met uitzondering van de eerste twee. De... De borstvergroting en de liposuctie wilde ik zelf. De rest...'

'En hoe verklaart u dan,' breekt de politieman in, 'al die rekeningen die uw zus in uw flat heeft aangetroffen? Rekeningen van een...' Hij spiekt op een briefje in zijn hand. '...ooglidcorrectie, minifacelift, lipopvulling en...' Hij slikt een keer. 'Schaamlipverkleining.'

Iedereen zwijgt en kijkt me aan.

'Richard zei dat het een foutje van de kliniek

was. Hij zou het rechttrekken.' Het valt me op hoe zwak mijn stem klinkt.

'Wanneer zei hij dat?'

'Hij heeft het vaker gezegd, bijvoorbeeld toen we in Lille waren.'

'Lille?'

'Ja, hij had een congres en heeft me meegenomen.'

'Is er iemand die dat kan bevestigen?'

Zenuwachtig kijk ik naar de drie mensen voor me. Richard had me verstopt op de hotelkamer. We zijn wel gaan eten, maar buiten het centrum. 'Misschien... Misschien iemand van het hotel...,' zeg ik onzeker.

De rechercheur pakt een notitieblok en houdt een pen boven het papier. 'Hoe heette dat hotel?'

Ik staar naar de vloer. 'Dat... Dat weet ik niet meer.'

De rechercheur legt het blok weg en zegt. 'Er is een paar keer een flink bedrag van uw rekening overgemaakt naar de kliniek van de heer Brüger. Geld waarvoor u leningen bent aangegaan bij verschillende geldverstrekkende instanties, via internet.'

'Ja,' zeg ik zacht. 'Dat klopt. De borstvergroting en de liposuctie. Die heb ik zelf betaald. De ingrepen erna zou Richard voor me betalen. Het waren cadeaus...'

De rechercheur en de psychiater kijken me onbewogen aan. Mijn zus kucht en schuift op haar stoel.

'Uw zus heeft gebeld met uw oude werkgever, Harry van Boven. Volgens hem bent u op een dag niet meer op uw werk verschenen. Kunt u uitleggen hoe dat zit?'

'Het kwam door Richard,' zeg ik. 'Hij belde me op mijn werk, en wilde dat ik hem de volgende avond zou treffen, dus moest ik eerder weg, en Harry vond dat niet goed. Dus ben ik de volgende dag helemaal niet gaan werken.'

De rechercheur trekt zijn wenkbrauwen op. Hij wisselt een blik van verstandhouding met mijn zus, die ongemakkelijk op haar stoel gaat verzitten en haar blik verplaatst naar buiten. 'Richard Brüger, bedoelt u?'

Ik knik.

De rechercheur kijkt me nog eens indringend aan. 'Dat weet u zeker?'

'Ja. Heel zeker.'

De rechercheur haalt een hand langs zijn neus en buigt zich wat naar voren. 'Dit vertelde u gisteren al tegen mijn collega. Daarom heb ik vanochtend gebeld met een oud-collega van u. Alle inkomende gesprekken op uw werk worden geregistreerd, de namen van de mensen die bellen, de datum en de tijd, wie de telefoontjes heeft aangenomen, de strekking van het gesprek en de duur.' Hij laat een pauze vallen en zegt dan: 'Er staat geen Richard Brüger op de lijst. Hij heeft nooit gebeld naar het bedrijf waar u werkte.'

'Natuurlijk niet!' roep ik. 'Hij gaat echt niet met zijn echte naam bellen, hij is natuurlijk niet achterlijk. Hij is getrouwd, en...'

'En vervolgens bent u ontslagen wegens werkweigering, heeft u zich niet gemeld bij de desbetreffende instanties voor een uitkering, noch heeft u moeite gedaan uzelf in te laten schrijven bij het arbeidsbureau.'

'Daar heb ik niet aan gedacht,' zeg ik, zwak.

Ik zie Laura's hand steeds grijpen naar haar tas, waar haar sigaretten in zitten, dan kijkt ze naar het NIET ROKEN-bord en legt haar handen ongemakkelijk op haar bovenbenen.

'Claudia,' zegt de psychiater, 'zeg ons nu eens hoe je echt aan die snijwonden bent gekomen? Richard Brüger kan het niet gedaan hebben. Die was die bewuste avond niet eens in Nederland. Het is niet vreemd als je jezelf snijdt, veel mensen doen het. Het kan allerlei oorzaken hebben, en die kunnen we samen proberen te achterhalen.'

Ik probeer op te veren maar de boeien houden me op mijn plaats. 'Hij kan niet in het buitenland zijn geweest, hij was in zijn eigen kliniek. We waren er samen. Luister naar me!' Ik schud wild met mijn hoofd. Ze denken dat ik gestoord ben, verdorie. 'Ik heb mezelf niet gesneden!'

'De littekens op je armen en buik,' gaat de psychiater onverstoorbaar verder, 'dat zijn oude snijwonden. Hoe kom je daar aan?'

'Dat heeft... Dat...'

'Wanneer was dat?'

'Ik weet het niet meer.' Ik laat mijn kin zakken.

'Vertelt u nog eens waarom Richard Brüger volgens u kwaad op u werd?' vraagt de rechercheur.

Ik kijk op. 'Hij wilde mijn onderste ribben weghalen. Hij vond het storen, die ribben. Maar ik wilde dat niet, en daarop ging hij helemaal door het lint.'

De rechercheur kijkt veelbetekenend op naar de psychiater. 'Mevrouw is volgens Brüger afgelopen week in de kliniek geweest voor een consult, met de vraag of haar onderste ribben verwijderd konden worden. Brüger heeft volgens eigen zeggen geweigerd om een dergelijke operatie uit te voeren. Enerzijds omdat hij het ethisch onverantwoord vond. Hij kon er niet achter staan. Anderzijds omdat er nog onbetaalde rekeningen waren.'

De rechercheur kijkt me weer aan. 'De knipsels die we in uw appartement aantroffen, over Richard Brüger... Is dat een hobby van u?'

'Wat bedoelt u?'

Hij houdt zijn vlakke handen aan weerszijden van zijn neus alsof hij diep nadenkt. 'De krantenknipsels die uw zus naast uw computer heeft gevonden. Enkele hangen aan de muur op uw slaapkamer. Foto's van Richard Brüger en zijn vrouw in Berlijn, en een van Brüger in Lille...Vindt u het niet toevallig dat het juist die locaties zijn waar u zegt met de heer Brüger geweest te zijn?'

Ineens denk ik aan de knipsels. Hij heeft gelijk. Alles wat ik tegen ben gekomen over Richard Brüger heb ik uitgeknipt en opgehangen, of naast mijn pc gelegd. Is dat vreemd? Nee, natuurlijk niet. Maar toch. Ik schud verward met mijn hoofd en kijk naar Laura. Naar de psychiater, de rechercheur.

Laura leunt abrupt naar voren. Ze schraapt haar keel tot ze ieders aandacht heeft. 'Twee jaar geleden kwam ze op een avond overstuur bij mij thuis. Ze had verse snijwonden. Ik heb haar meegenomen naar het ziekenhuis om ze te laten hechten. Volgens Claudia had haar vriend dat gedaan, omdat hij genoeg van haar had. Het ziekenhuis heeft de politie erbij gehaald. Het werd heel serieus genomen. Achteraf bleek dat die man van niets wist. Hij had een vrouw en drie kinderen en kende Claudia alleen maar oppervlakkig van het uitgaan.' Laura vermijdt het me aan te kijken. Haar stem daalt een octaaf en ze begint te fluisteren, alsof ze me buiten wil sluiten. Alsof ik er niet eens meer bij ben: 'Ze had het zelf gedaan. In haar belevingswereld had ze een relatie met hem. Ze volgde hem wel eens, wist precies waar hij uiteten ging, op vakantie, et cetera. Ze is opgenomen geweest, zes maanden lang... En nu...' Ze kijkt me ineens recht aan. 'Ik kan het mezelf niet vergeven dat ik niet eerder heb ingegrepen.'

Ik weet niet meer wat ik moet zeggen, doen of denken en ik staar alleen maar wezenloos terug.

'Weet je dat nog, Clau?' zegt Laura, en ze houdt mijn handen vast.

Langzaam begin ik te knikken. Tranen stromen over mijn wangen. 'Ja,' zeg ik, zo zacht dat het een snik lijkt.

De rechercheur staat op, groet iedereen en loopt de deur uit.

Laura knijpt in mijn handen en staat ook op. 'Tot morgen, Clau, en sterkte.'

Er komt iemand binnen in witte kleding die mijn boeien losmaakt en alle stoelen uit de kamer weghaalt. Er is nu nog maar één plaats om op te zitten. Een klein opklapbaar bed langs de muur. Terwijl de psychiater en de man in het wit de deur achter zich sluiten, hoor ik die in het slot vallen.

Lang blijf ik onbeweeglijk zitten. Ik luister naar de vogels, buiten. Het gezoem van de airconditioning. Voetstappen op de gang.

Uiteindelijk fluister ik: 'Wie is hier nou gek, Richard Brüger?'

SIMONE VAN DER VLUGT

Online

Ze heeft tegen hem gelogen. Hij kijkt naar haar lachende gezicht, het verleidelijke trekje rond haar mond, haar uitnodigende ogen. Zij vindt dat er een klik tussen hen is, en daar heeft ze gelijk in. Hij voelt het spanningsveld.

Ze ziet er niet onaardig uit, wat al een enorme meevaller is. Per slot van rekening weet je dat maar nooit als je iemand via een datingsite leert kennen. Hij heeft via die weg genoeg afspraakjes gehad waar hij snel klaar mee was.

'Dus je bent vijfendertig,' zegt hij, terwijl hij in zijn koffie roert.

Ze lacht ondeugend, de lach van iemand die gewend is door haar charme voor alles vergeven te worden.

'Nou ja, dat ben ik ooit geweest,' zegt ze met een knipoogje. 'Eigenlijk ben ik net veertig geworden, maar dat klinkt toch heel anders.'

'Ja,' beaamt hij. 'Heel anders.'

Ze zitten in een rustig hoekje van de stationsrestauratie van Haarlem. Terwijl zij doorbazelt over haar verjaardagsfeest, dat ze net achter de rug heeft, bestudeert hij haar onopvallend.

Dat blonde haar staat haar goed, al is ze van nature een brunette. De kleur van haar wenkbrauwen en de lichte uitgroei bij de scheiding vertelden hem dat al toen ze elkaar een hand gaven. Dat heeft ze er niet bij verteld op de datingsite. Niet één keer, terwijl ze uren hebben zitten chatten. Hij houdt van blond, maar dan moet het wel écht blond zijn.

Toch kan hij daar wel overheen stappen. Wat hem echt stoort is dat ze niet eerlijk is geweest over haar gewicht. Ze is minstens vijftien kilo zwaarder.

Hij neemt een trekje van zijn sigaret, inhaleert en blaast langzaam de rook voor zich uit. Hij is benieuwd wat voor onthullingen er nog zullen volgen. Als hij ergens niet tegen kan, is het wel vrouwen die liegen. Hoe klein de leugen ook is, hij vertoont onmiddellijk allergische reacties. Het gevolg van tien jaar lang bedrogen en belogen te worden door iemand die de hele wereld voor je betekende. Bij Roos begon het ook met kleine leugentjes. Over rokken en schoenen die opeens uit de kast kwamen en die ze zogenaamd allang had, over haar belofte om te stoppen met roken – hij heeft een hekel aan vrouwen die roken – terwijl ze op haar werk de ene sigaret na de andere zat weg te paffen. Uiteindelijk kon hij haar ook in belangrijke zaken niet meer vertrouwen. Eigen schuld, hij had die leugentjes meteen de kop in moeten drukken. Maar wat er het ergst bij hem inhakte waren haar afscheidswoorden na de scheiding: 'Ach man, je weet nog niet de helft van wat ik je allemaal heb wijsgemaakt.'

En dan die blik in haar ogen, alsof ze nog nooit zo'n ontstellende loser had gezien.

Goed, dat was hij tóén misschien, maar nu beslist niet meer. Hij houdt van vrouwen, hij houdt van seks en op het moment is hij daar hard aan toe. Wat hier voor hem zit had zomaar de vrouw van zijn leven kunnen worden, nu blijft het bij vanavond. Hij hoopte oprecht dat hij deze keer de ware zou ontmoeten en hij voelt ook beslist enige spijt als hij naar haar kijkt. Ze heeft een leuk gezicht en ze kan lief lachen. Zelfs met haar gewicht zou hij kunnen leven. Ze had er alleen niet om moeten liegen. Het is jammer.

Vastberaden drukt hij zijn sigaret uit in de asbak, kijkt haar met een innemende glimlach aan, en stelt voor de rest van de avond bij hem thuis door te brengen.

VROUW VERMOORD NA AFSPRAAKJE VIA DATINGSITE

Haarlem: In een vuilcontainer is gisternacht het lichaam gevonden van een 40-jarige vrouw, die door wurging om het leven blijkt te zijn gekomen. De vrouw scheen die avond een afspraakje te hebben gehad met een voor haar onbekende man die ze via een datingsite had leren kennen. De identiteit van de dader is nog onbekend. De politie heeft een grootschalig onderzoek ingesteld.

Ellis heeft nooit gehouden van datingsites. Hoewel zeven procent van de alleenstaanden een partner schijnt te vinden via internet, had ze het altijd als een laatste redmiddel van sociale onbekwaamheid beschouwd.

Misschien was het gewoon het idee. Liefde moest je immers 'overkomen', je moest eropuit gaan en Mr Right in de kroeg opsporen. Wie er een beetje leuk uitzag en niet contactgestoord was, zou niet zijn toevlucht hoeven te nemen tot de laatste hoop van de alleenstaande kneuzen: de datingsite.

Aan de andere kant, het internetdaten van tegenwoordig was wel iets anders dan de ouderwetse contactadvertentie. Als je zag hoeveel mensen elkaar in cyberspace leerden kennen, zou je het bijna hip kunnen noemen.

Zelfs Yvonne, haar vriendin, had op die manier een man ontmoet. En Yvonne was een knappe meid, bepaald geen hopeloos type.

Wat bezielde mensen om 's avonds achter hun computer te gaan zitten en met wildvreemden te praten? Wat bracht hen ertoe om zelfs een ontmoeting met die vreemden te regelen?

Eenzaamheid, veronderstelde Ellis. Niet iedereen had zin om in de kroeg rond te hangen om op die manier contact te maken. Kijk maar naar haar zelf.

Op de 'gewone' manier wilde het Ellis op de een of andere manier evenmin lukken om een nieuwe vriend te vinden. De vangst van Yvonne had haar belangstelling gewekt voor online daten. Yvonne, die altijd zei dat ze absoluut geen partner nodig had. Yvonne, die haar meesleepte naar kroegen en feesten. Altijd van de partij wanneer er iets te vieren was. Al jaren single zonder daar een moment onder te lijden. En juist deze vriendin was aan de man gekomen via een datingsite.

‘Hebbes!’ had ze triomfantelijk uitgeroepen, toen ze hun eerste afspraakje maakten. Dat was het codewoord uit hun jeugd, als ze uitgingen. Ze mompelden het tegen elkaar om aan te geven dat de ander even afstand moest nemen om een prille liefde een kans te geven. Een ouderwets woordje, tussen het geweld van ‘cool’, ‘vet’ en ‘wreed’, maar ze gebruikten het nog steeds.

‘Waarom kijk je ook niet een keer op die datingsite?’ had Yvonne gezegd. ‘Er zitten echt leuke mannen tussen, niet alleen maar losers.’

Het was waarschijnlijk gewoon een kwestie van je over de drempel heen zetten, bedacht Ellis terwijl ze een kop koffie inschonk. Ze was nu vijfendertig, twee jaar gescheiden, en als ze nog kinderen wilde moest ze bij een spermabank langsgaan of ze zou serieus op zoek moeten naar de toekomstige vader van haar kinderen.

Niet dat haar kinderwens zo groot was, maar over vijf jaar kon ze wel eens spijt krijgen van haar getreuzel.

Aan de andere kant beviel haar vrije leven haar prima na het eerste jaar van woede en verdriet nadat Nick haar had verlaten.

Het enige wat ze wel eens miste was iemand om

nog even mee te praten voor ze naar bed ging, iemand om te knuffelen, om welterusten en goedemorgen tegen te zeggen, iemand die er voor haar was als ze met griep in bed lag of om leuke dingen mee te ondernemen. Verder kon ze het prima alleen af.

Ellis nam haar koffie mee naar de werkkamer. Of eigenlijk was het gewoon een rommelhokje. Een slaapkamer, ingericht met een bureau, wat kasten voor haar administratie en verder niets dan troep. Want meer was het niet. Sommige dozen had ze nog niet eens uitgepakt, terwijl ze hier nu alweer twee jaar woonde. Na de scheiding had ze niet de energie gehad om alle herinneringen aan hun gezamenlijke leven tevoorschijn te halen. Ze had die spullen niet echt nodig, maar het ontbrak haar aan ruimte om de dozen op te bergen. Ze was veel kleiner gaan wonen. Het grote huis waarin ze met Nick had gewoond was verkocht en nu zat ze in een flatje, net groot genoeg voor haar alleen.

Ellis zette de computer aan en zocht de startpagina op. Ze pakte het papiertje met de adressen van datingsites uit het pennenbakje en typte het adres in. Na een druk op de entertoets lachten twee met boa's gesierde, van cocktails genietende jonge meiden haar toe.

Vind een leuke date en meer stond er boven het inschrijfformulier. *Meld je nu aan als member!*

'Lid, heet dat in het Nederlands,' mompelde Ellis. 'Waarom kunnen ze niet gewoon lid zeggen?'

Ze typte haar gegevens in; ze was een vrouw, ze zocht een man, ze was tussen de eenendertig en zesendertig jaar en ze woonde in Noord-Holland. Daarna gaf ze een schuilnaam op: Patricia. Haar wachtwoord werd haar via een e-mail verstrekt en zodra ze die had opgehaald, zou ze kunnen inloggen. Maar dan was ze er nog niet, ze moest een 'lokroep' bedenken en het een en ander over zichzelf vertellen. Wat vertelde je in vredesnaam over jezelf op zo'n site?

Eerst die lokroep maar.

Carpe diem typte ze in en in de kolom eronder stelde ze zichzelf op luchtige wijze voor.

Ik ben een Boogschutter van 35 jaar en woon in Noord-Holland. Ik heb donkerblond, halflang haar, ben niet uitgesproken sportief maar gelukkig wel slank (68 kilo is toch redelijk, als je 1.78 cm bent?) Ik drink graag een wijntje 's avonds maar ken mijn taks (eentje dus) en ben een echte vrouw, dus gek op shoppen. Ik ben vrij rustig van aard maar niet stil, bescheiden zonder een minderwaardigheidscomplex te hebben, ik heb geen onverwerk-

te trauma's uit het verleden en ben ook niet van plan ze in de toekomst te verzamelen. Kortom: een optimist en een levensgenieter, vandaar carpe diem!

Tevreden drukte Ellis op enter en meteen verscheen er een tekst op het beeldscherm.

Je profiel is nu compleet en je bent bijna klaar om je liefdesleven een nieuwe wending te geven!

'Ik kan bijna niet wachten.' Ellis trok met haar mond. 'Kom maar op met die mannen.'

Nieuwsgierig keek ze naar de schuilnamen die in beeld kwamen. Als je op een naam klikte, verscheen er een foto en een profiel van de man in kwestie.

Batman577: houdt van motorrijden en stappen. Romantisch ingesteld.

Een romantisch ingestelde Batman op een motor. Veelbelovend, bedacht Ellis grinnikend.

Ze klikte op de foto en een klein mannetje met bolle wangen keek terug alsof er een gevangenisportret van hem werd gemaakt.

'Dag Batman,' mompelde Ellis en klikte hem weg.

Meteen verscheen er een opgewekte melding in beeld. *Je profiel is drieëndertig keer bekeken! Je hebt dertig ongelezen berichten!*

'Dat gaat snel,' zei Ellis, toch wel gevleid. Nieuwsgierig begon ze de berichten te openen en bekeek de foto's. Hmm, niet eens onaardig... Die Fun2meet kon ze wel een berichtje terugsturen. En Gentleman380 ook. Die laatste had een uitgebreid profiel van zichzelf geschetst.

Een foto stuur ik niet, want naar mijn mening draait het in het leven al te veel om uiterlijkheden. Wil je mij beter leren kennen, dan beantwoord ik al je vragen eerlijk en oprecht. Over de mail, via de chat of persoonlijk als je daar iets voor voelt. Ik ben niet het type dat ervan houdt om wekenlang te chatten; liever spreek ik zo snel mogelijk een keer met je af als we het gevoel hebben dat het klikt. Ik ben een man die eerlijkheid, normen en waarden hoog in het vaandel heeft staan.
Als vertrouwen en eerlijkheid voor jou net zo belangrijk zijn als voor mij, reageer dan op mijn bericht.

Dat klonk best goed, vond Ellis. Jammer dat er geen foto bij zat, maar ze was zelf ook niet van plan er een bij te voegen. Inderdaad, het draaide in de wereld al genoeg om uiterlijkheden. Daar wist Nick alles van. Ze hoorde het hem nog zeggen: 'Dat korte haar maakt je zo mannelijk. Waarom draag je nooit een rok? Ik hou van vrouwelijke vrouwen.'

Daar had hij dan ook naar gehandeld. Zijn collega Alexandra was op en top vrouw, op het bimbo-achtige af.

Ellis nam een slok koffie en concentreerde zich op het beeldscherm. Eens kijken wat Gentleman-380 nog meer over zichzelf kwijt wilde. Ze scrolde naar het lijstje met persoonsgegevens en hobby's.

Geslacht	Man
Zoekt een	Vrouw
Voor een	Vaste relatie
Leeftijd	40 jaar
Woonplaats	Noord-Holland
Opleiding	Middelbaar beroepsonderwijs
Beroep	Administratief / Secretarieel
Lengte	195 cm
Gewicht	80 kilo
Postuur	Normaal
Haar	Bruin krullend
Ogen	Bruin
Roken	Niet-roker
Drinken	Geen drinker
Eten	Geen vegetariër
Sporten	Regelmatig
Status	Alleenstaand

Kinderen	Geen
Kinderwens	Weet nog niet
Religie	Geen specifieke religie
Talen	Engels (redelijk) Duits (redelijk)

Ze leunde achterover en bestudeerde het lijstje aandachtig. Alles klopte aan deze man. Zou ze hem een berichtje sturen? Ze schoof haar koffie wat verder van het toetsenbord af en begon te typen.

Hallo Gentleman. Je schuilnaam spreekt me in ieder geval al bijzonder aan. Weer eens iets anders dan Dirtydancer of Tarzan. Volgens mij matchen we aardig. Ik zou je graag een keer online willen spreken. XXX Patricia.

Ze verstuurde het bericht en schrok hevig toen de telefoon ging. Gentleman, schoot het door haar heen, tot ze zich realiseerde dat dat natuurlijk niet kon. Haastig zocht ze naar de telefoon, die ergens tussen de stapels papieren op haar bureau lag.

'Met Ellis,' zei ze zodra ze hem te pakken had.

Het was haar moeder. Ze begon meteen te praten en iedere zin ging over Lotte en Sem, de kinderen van Ellis' zus Meike. Haar ouders pasten iedere donderdag op dat tweetal. Leuk voor hen, ze waren er helemaal vol van, maar persoonlijk vond Ellis al die gedetailleerde verhalen wel eens een beetje te veel worden. Ze was stapelgek op de kinderen van haar zus, daar ging het niet om. Het was een leuk stel, vol streken, maar om van al die streken dagelijks op de hoogte gebracht te worden...

'En wat denk je? Ze hadden de hele vissenkom vol Playmobile gestopt! Die vissen konden geen kant meer op, ze waren helemaal bedolven onder die poppetjes,' riep haar moeder.

'Wat leuk,' zei Ellis afwezig, haar blik gericht op het beeldscherm. Hé, er kwam een antwoord op haar berichtje. Dat was snel.

'Leuk?' herhaalde haar moeder verbolgen. 'Die vissen waren dood! Zeg, luister je eigenlijk wel?'

'Ja ja,' verzekerde Ellis haar haastig. Het e-mailbericht was van Gentleman380.

Hebbes, dacht ze blij.

Ze voelde zich net zestien, op weg naar haar eerste afspraakje, terwijl ze het bericht opende.

Ellis luisterde pas weer naar haar moeder toen die haar uitnodigde om volgende week te komen eten. Meike en Jaap waren er dan ook, met de kinderen natuurlijk.

'Zie je hen ook weer eens,' voegde haar moeder er terloops aan toe.

Ellis accepteerde de uitnodiging zonder te reageren op het onuitgesproken verwijt. Ze wist wel dat haar moeder vond dat ze te weinig langskwam en te weinig moeite deed om contact te houden met Meike en Jaap. Het probleem was dat ze ook te weinig met elkaar deelden om haar een reden te geven contact op te nemen. Net als haar moeder kon Meike alleen maar over de kinderen praten. Dat hield Ellis wel een halfuurtje vol, maar niet de hele middag.

En dan de opmerkingen van haar moeder over 'dat je ook kunt overdrijven met je werk', 'dat er meer dingen in het leven waren' en 'dat ze best kon begrijpen dat Nick een vrouw had gezocht die net als hij een gezinsleven wilde'. Vooral die laatste opmerking had de verhouding met haar moeder aardig bekoeld.

Alsof zij geen gezinsleven had gewild! Maar toen ze elkaar tien jaar geleden leerden kennen, was ze nog helemaal niet toe aan kinderen. Ze vond zichzelf te jong en wilde eerst nog een paar jaar werken. Ze had toch niet voor niets gestudeerd?

En trouwens, ze had altijd het gevoel gehad dat ze eventuele kinderen in haar eentje zou moeten opvoeden. Als een man nog niet eens zijn eigen bed opmaakte of bereid was zijn onderbroeken van de badkamervloer te vissen, wat moest je dan van hem verwachten als vader?

Daar waren hun ruzies over gegaan; de verdeling van de huishoudelijke taken en haar eis dat ze beiden een dag minder zouden gaan werken. Niet alleen zij.

En nu was ze alleenstaand en zat het er voorlopig niet meer in. Misschien wel nooit meer.

Het kon zijn dat ze Meike daarom een beetje ontliep. Het was niet alleen haar drukke baan, en ook niet de irritatie over de beperktheid van Meikes gespreksonderwerpen. Het deed gewoon een beetje pijn als ze bij haar zus was. Als ze Meike met haar gezin bezig zag, genoot ze van de drukte en gezelligheid, en besefte ze ook heel goed wat ze miste...

Toen ze had opgehangen, las Ellis gretig het bericht van Gentleman nog eens. Een brede glimlach trok over haar gezicht. Hij was nu online en het leek hem leuk als zij erbij kwam.

Ellis opende de chatbox. *Hallo allemaal*, typte ze in.

Onmiddellijk kwam er een reactie van Gentleman, een paar seconden later gevolgd door die van de andere bezoekers.

Hoi Patricia!

Hé, Patries, kom erbij.

Welkom! Hier is het gezellig!

Oja? typte Ellis. *Waar hebben jullie het over?*

Over films, was het antwoord van Gentleman. *Wat is jouw lievelingsfilm?*

Ellis dacht even na en antwoordde toen: Silence of the Lambs.

Gentleman: *Aha, je houdt van thrillers!*

Ellis: *Ik ben gek op thrillers. Jij?*

Gentleman: *Absoluut. Ken je* Friday 13th?

Ellis: *Te veel bloed. Geef mij maar onderhuidse spanning.*

Gentleman: *Die van het mooie meisje dat toch het donkere huis ingaat terwijl ze weet dat er een moordenaar achter haar aanzit.*

Ellis: *En die er ook niet op komt om het licht aan te doen. Nee, dat soort films bedoel ik niet.*

Gentleman: Airforce one *vind ik een te gekke film.*

Ellis: *O ja! Ik vind alle films met Harrison Ford te gek!*

Gentleman: *Punt gescoord! We hebben wat gemeen!*

Ellis glimlachte achter haar computer.

Ze had algauw zo'n goed contact met Gentleman380 dat ze zich na een halfuurtje afzonderden, om vervolgens uren te zitten chatten. Ze vertelde over haar scheiding en de moeilijke periode die daarop volgde, maar ook over haar herwonnen vrijheid en zelfrespect. Gentleman complimenteerde haar daarmee en nam haar in vertrouwen over zijn ex, die met een aaneenschakeling van kleine onwaarheden hun relatie tot één grote leugen had gemaakt.

Het is moeilijk om daarna nog iemand te vertrouwen, schreef Gentleman. *Maar ik vind dat ik me weer moet openstellen, dat ik iemand anders de kans moet geven.*

Ellis schreef terug dat ze dat heel goed kon begrijpen.

Lang na twaalven logde ze eindelijk uit. Ze maakte een beker warme melk en ging naar haar slaapkamer. Eigenlijk best leuk, dat chatten. Ze was benieuwd hoe Gentleman380 eruitzag, al hadden ze hun uiterlijk uitgebreid beschreven. Ze had gezegd dat ze blond was, maar er meteen bij vermeld dat ze een heel kortgeknipt kapsel had. Gentleman hield immers niet van leugentjes. Het enige waarover ze niet eerlijk was geweest, was haar werk, maar dat biechtte ze wel op als het tot een ontmoeting kwam.

Ellis lag nog een halfuurtje wakker, maar toen gleed ze langzaam weg in een andere wereld. Een wereld waarin Gentleman380 de man bleek te zijn die ze zocht. Hij glimlachte naar haar op een manier die haar meteen aan hem bond en zijn arm om haar schouders voelde warm en vertrouwd.

Ze had maar een week nodig om tot de conclusie te komen dat hij inderdaad de man was naar wie ze op zoek was. Hij was charmant, had gevoel voor humor en schreef niet alleen maar wat onzin, zoals veel bezoekers van de chatbox.

Aan het einde van de week wisselden ze e-mailadressen uit en vertelden ze elkaar hun echte voornaam. Gentleman bleek in het dagelijks leven Marc te heten. Hij was gescheiden, woonde momenteel samen met zijn hond en hoewel hij gek was op Rambo, vond hij het gezelschap van de herder toch wat beperkt.

Ik ben al een hele tijd op zoek naar een vaste relatie, mailde hij Ellis. *Misschien ben ik te kritisch, maar je mag toch wat verwachten van degene met wie je de rest van je leven wilt doorbrengen?*

'Lijkt mij ook,' antwoordde Ellis. 'Wat verwacht je dan precies?'

'Eigenlijk maar één ding,' bekende Marc. 'Eerlijkheid.'

Hun ontmoeting vond plaats in de restauratie van station Haarlem. Een weinig romantische plek, vond Ellis, maar wel handig. Ze kon er met de trein naartoe en hoefde niet lang te zoeken of zich druk te maken over een parkeerplaats. En als Marc toch niet de man bleek te zijn die ze zocht, stapte ze zó op de trein en was ze weer weg.

Ze hadden om drie uur afgesproken en Ellis was er een halfuur van tevoren. Ze hing een tijdje rond in de boekhandel, liep wat heen en weer over het perron en keek door het raam van de restauratie of ze Marc kon ontdekken. Maar er zat niemand die voldeed aan de beschrijving die ze van hem gekregen had.

Om tien voor drie ging ze naar binnen, bestelde een kop koffie en een stuk appeltaart met slagroom, en ging zo zitten dat ze de deur in de gaten kon houden. Ze was zenuwachtig. Ze had het koud en haar vingers trilden licht toen ze haar koffie roerde.

Precies om drie uur kwam hij binnen. Lang, aantrekkelijk, bruine krullen; ze herkende hem direct. Er ging een steekje door haar hart. Wat een leuke vent! Ze observeerde hem terwijl hij binnenkwam en zoekend rondkeek. Hij ving haar blik, zag haar glimlach en glimlachte breed terug. Met een rustige, zelfverzekerde houding liep hij naar haar tafeltje.

Ellis stond op zodat ze de zoen ter begroeting in ontvangst kon nemen. Een ietwat te intiem gebaar voor zo'n eerste ontmoeting, maar ze begreep dat hij het niet bij een handdruk zou laten. Hij vond haar leuk, ze zag het aan de goedkeurende manier waarop hij haar opnam. Ze zoende hem terug, zei hoe leuk ze het vond om hem nu eens in het echt te zien, en hoe vreemd dat tegelijkertijd was.

Ze gingen tegenover elkaar zitten en Marc bestelde koffie voor zichzelf en een tweede voor haar. Toen viel er een stilte en keken ze elkaar aan. Tegelijk schoten ze in de lach. Tijdens het chatten hadden ze nooit om gespreksonderwerpen verlegen gezeten. Maar dit was anders, zei Marc.

'Heel anders,' bevestigde Ellis. 'Leuker!' Ze knipoogde een beetje flirterig naar hem en verwachtte dat hij daar op in zou gaan, maar Marc keek haar ernstig aan.

'Je ziet er precies zo uit als je jezelf beschreven hebt,' zei hij nadenkend, 'en toch heel anders dan ik verwachtte.'

'O jee,' schertste Ellis. 'Valt het tegen?'

'Nee,' haastte hij zich haar te verzekeren. 'Dat is het niet.'

Ze had zichzelf beschreven als een frêle vrouw met blond haar en bruine ogen, wat precies klopte. Mannen meenden daaruit op te moeten maken dat ze behoefte had aan een beschermende arm om haar heen. Later bleek altijd dat ze zich vergist hadden en meestal haakten ze dan af. Allemaal, behalve Nick. Maar ook hij was er uiteindelijk met een ander vandoor gegaan.

Ze wist dat haar uiterlijk bedrieglijk was, en ook dat geen man dat ooit doorzien had. Ze zag dat Marc gecharmeerd van haar was, maar in zijn ogen lag iets nadenkends. Terwijl ze praatten, tastten zijn ogen haar gezicht af alsof hij op zoek was naar iets dat hij zelf niet onder woorden kon brengen.

'Wat zit je naar me te kijken?' vroeg Ellis, met een bijna verlegen lachje.

Marc glimlachte verontschuldigend. 'Doe ik dat? Sorry, maar je bent ook zo mooi. Je wilt niet weten hoe weinig vrouwen lijken op de foto's die ze opsturen.'

'Ik heb geen foto opgestuurd,' hielp Ellis hem herinneren.

Hij knikte bevestigend. 'Daarom ben je juist zo'n verrassing voor me. Als je wel een foto bij je profiel had gezet, had je mailbox stampvol reacties gezeten.'

'Van mannen die alleen op het uiterlijk afgaan,' merkte Ellis op. 'Van jou weet ik tenminste dat we over belangrijke zaken hetzelfde denken.'

Marc gaf haar zo'n warme glimlach dat de stationsrestauratie ter plekke in een intiem, romantisch restaurantje veranderde. Hij boog zich naar haar toe en zei zacht: 'Ik woon hier vlakbij. Zullen we naar mijn huis gaan?'

Hij woonde op een bovenverdieping in een winkelstraat, dicht bij het station. Ellis liep voor Marc uit de trap op en bedacht dat hij toch niet zo'n gentleman was. Haar strakke leren broek moest hem een interessant uitzicht bieden.

Op de overloop bleef ze staan en deed een stap opzij om hem erlangs te laten. Marc deed de deur open en maakte een gastvrij gebaar naar binnen.

Ze ging het halletje in en liet haar jas aannemen en ophangen. Daarna draaide hij zich met een vloeiende beweging naar haar om en trok haar naar zich toe. Ze kusten elkaar. Het was een korte, aftastende kus die al snel werd gevolgd door een wat langere. Ze maakten zich van elkaar los en glimlachten.

'Wil je iets drinken?' vroeg Marc.

Ellis wilde wel een kop thee. Of nee, liever een glas wijn. Het was nog wel een beetje vroeg, maar ze hadden iets te vieren, nietwaar?

Daar was Marc het helemaal mee eens en hij liep neuriënd naar de keuken. Ellis ging de woonkamer binnen en liet haar ogen ronddwalen. Zwartleren bank, glazen salontafel, een kast vol boeken, een enorm plasmascherm aan de muur en in de hoek een computermeubel. Ze liep er snel naartoe.

De inrichting en de keurig geordende computerhoek vertelden haar dat Marc allesbehalve een sloddervos was. Papieren zaten in mapjes en ordners, schriften en agenda's lagen op een keurig stapeltje naast het toetsenbord. Ellis pakte de agenda en bladerde hem door. Haar ogen bleven rusten op een zekere datum en langzaam klapte ze de agenda dicht. Ze pakte het notitieboekje dat eronder lag. Het bleek een lijst namen te bevatten. Zo te zien de schuilnamen waarvan vrouwen op datingsites zich bedienden.

Een geluid achter haar deed haar opschrikken. Ze legde het notitieboekje terug en draaide zich om. Marc stond in de deuropening van de keuken, die aan de woonkamer grensde, naar haar te kijken.

'Zoek je iets?' Zijn stem klonk niet onvriendelijk, maar Ellis bespeurde een kil ondertoontje.

'Nee, niet speciaal. Ik was aan het snuffelen: sorry.' Ze slaagde erin haar eigen stem heel normaal te laten klinken. Misschien wat geforceerd luchtig, maar gezien de omstandigheden was het geen gekke prestatie.

Marc liep naar het computermeubel en pakte het notitieboekje.

'Je bent populair bij de vrouwen,' zei Ellis met een glimlachje.

'Ja, ik heb ze voor het uitzoeken,' bevestigde Marc zonder zelfs maar een bescheiden glimlachje om zijn opmerking te relativeren. 'Je vraagt je af waarom het dan toch zo moeilijk is om dé vrouw te vinden. Ik zoek er hard genoeg naar en weet je, vanmiddag dacht ik echt dat ik haar gevonden had.'

Zijn ogen bleven peinzend op haar rusten. 'Stom,' zei hij. 'Heel stom.'

Het was Ellis niet duidelijk of hij haar stom vond of zichzelf, maar dat deed er ook niet toe. De aantrekkelijke, charmante man uit de stationsrestauratie onderging in een verbluffend tempo een angstaanjagende metamorfose. Ze zag geen warmte meer in zijn ogen en zijn gezicht was vertrokken tot een strak masker.

'Wie ben jij?' vroeg hij met kille stem.

Ze besloot geen verstoppertje meer te spelen en evenmin angst te tonen. Ze keek hem recht in de ogen en zei op even koele toon: 'Haar vriendin.'

Zijn wenkbrauwen vlogen omhoog. 'Vriendin? Van wie?'

Ellis lachte kort. 'Ach ja, dat is ook zo. Je hebt minstens drie mislukte dates gehad, nietwaar? Waarschijnlijk veel meer, maar die vrouwen heb je om de een of andere reden laten gaan. Waarom die andere niet, Marc? Wat hadden ze je misdaan?'

Even is hij verbluft. Hij knijpt zijn ogen tot spleetjes en herhaalt zijn vraag. 'Wie ben jij, verdomme?'

Met een soepele beweging schuift Ellis tussen Marc en het computermeubel vandaan, zodat niets haar belet om een sprint te trekken richting de deur.

'Ik was erbij,' zei ze. 'Ik zat naast Yvonne toen ze aan het chatten was. We waren samen op internet op zoek naar een leuke man voor haar. Half voor de grap, half serieus. Ze had problemen met haar gewicht weet je, en daar konden mannen om de een of andere reden niet doorheen kijken. Toen kwam ze op het idee een man te zoeken op een datingsite en de eerste schifting hebben we samen gedaan. Vandaar dat ik precies wist met wie ze een afspraakje had en wat het profiel van die man was. Waarom heb je haar vermoord, Marc? Waarom kon je haar niet gewoon laten gaan?'

Marc deed een stap in haar richting, op hetzelfde moment dat Ellis een stap achteruit deed.

'Ze had tegen me gelogen,' zei hij. 'Ik had haar gevraagd hoe ze eruitzag en ze zei "goed".'

'Dat was geen leugen,' snauwde Ellis. 'Ze zag er

ook goed uit. Wie bepaalt wanneer een vrouw er wel of niet goed uitziet? Wat is daar de definitie van?'

'Ze was te dik,' zei Marc. 'En dat had ze me moeten vertellen. Ik heb er een hekel aan als vrouwen me in de maling nemen. Dat kan ik niet onbestraft laten.'

Langzaam kwam hij op haar af. Voetje voor voetje schuifelde Ellis achteruit, maar halverwege de kamer, waar ze alle ruimte had, bleef ze opeens staan.

'Blijf waar je bent,' zei ze scherp.

Marc schoot in een harde, spottende lach. Zijn hand gleed in zijn broekzak en haalde er een koord uit. Ellis keek er vol ongeloof naar, en een snel opkomend gevoel van angst overmeesterde haar. Met kracht verdreef ze haar paniek en ze concentreerde zich op Marc. Haar ogen registreerden iedere beweging die hij maakte, van het vileine lachje om zijn mond tot de korte rukjes die hij aan het wurgkoord gaf.

Opeens leek hij een beslissing genomen te hebben en met een paar grote stappen was hij bij haar. Hij probeerde haar naar zich toe te trekken maar Ellis vloog naar achteren. Ze draaide zich half om en strekte haar been voor een korte, felle karatetrap.

Ze trof hem recht in zijn kruis. Als de situatie niet zo precair was geweest, had ze moeten lachen om het verbijsterde gezicht van haar aanvaller. Ze proefde een intens genoegen in zijn schreeuw van pijn en zijn bleke gezicht.

Ondanks die pijn hervond Marc zich snel en stormde hij op haar af. Nog voor hij haar bereikt had, vond Ellis' voet een tweede keer zijn kruis, gevolgd door een felle stoot tegen zijn borst. Haar elleboog raakte hem precies onder zijn ribben en stootte in een keer alle lucht uit zijn longen.

Happend naar adem zakte Marc op de grond. Op dat moment stormden drie geüniformeerde politieagenten de woonkamer in. Een van hen overmeesterde Marc en las hem zijn rechten voor, de andere twee hielden hem zorgvuldig onder schot.

Ellis ademde diep in en uit en ging naast haar gewapende collega's staan.

'Alles goed, Ellis?' vroeg een van hen bezorgd.

Ze knikte en slaagde erin te glimlachen. 'Nu wel. Bedankt, jullie waren mooi op tijd.'

Marc werd van de vloer getrokken, in de handboeien geslagen en afgevoerd. Zijn gevloek en gescheld vulde het trappenhuis en waren op straat te horen.

Ellis liep langzaam naar het raam en keek naar

buiten. Ze was net op tijd om te zien hoe Marc in een politiewagen werd geduwd.

'Hebbes,' zei ze zacht.